# 横綱の品格

## 多様性社会を評論風に語るエッセイ集

瀧田 輝己
*Terumi Takita*

泉文堂

# 序

「横綱」はあらためて言うまでもなく、現役力士の最高位を示すことばです。しかし、そこから転じて、今では、あらゆる分野でのトップに立つ人を指示して日常的に使われることばとなっています。

「横綱」にかぎらず、相撲の世界で使われている用語がほぼ日常生活の一部に溶け込んで比喩的に使用されている例は数多く見られます。いくつか例を挙げると、自分の考えを押し通したとき、あるいは強引に相手を納得させたときに私たちはよく「寄り切った」と言います。また、もう駄目だと思った瞬間に起死回生の逆転劇を演ずるようなケースでは、しばしば「うっちゃり」という相撲の決まり手を譬えに用います。慌てて、つい先走ってしまった場合には、「勇み足」だったと自ら反省したり、他人から注意されたりすることも多いと思います。さらに、議論等がかみ合わなければ、「同じ土俵に立って議論しよう」と提案したりもします。気が付けば、私たちは日常生活の中で多くの相撲用語を口にしているのではないでしょうか。

「横綱」も、ことあるごとに、最高位という意味を持つ称号としてたびたび使われていることに気づくはずです。例えば、ライバル同士を「東の横綱、西の横綱」と言い表し、また、それぞれの分野で擢《ぬき》んでた才能を持ち合わせている人に対して、「横綱」という称号が日常的に与えられています。人に対してだけでなく、物だとか、現象などにも、それらが群を抜いているときには、「横綱級」と最上級の評価を与えることもあります。

これらに共通して言えることは、いずれの場合にも、「横綱」は単に権威だとか、権限だとか、能力があるという意味だけではなく、どこか品格を漂わせているという思いを重ね合わせて用いられているということです。言い換えれば、能力が抜群であることは言うまでもありませんが、それだけではなく、人格においても申し分のない最高峰に位置するという感覚が込められているように思えるのです。

加えて、「横綱」は所属する集団内での私的なポストというよりも、社会に向けて、所属集団自体を代表した立場であり、どちらかと言うと、社会的なステータスという意味も兼ねて使われるような気もします。さらにまた、「横綱」は公共性を備えた地位であるようにも思えます。この点で、基本的には個人の技量や力量に対して与えられるタイトルとしての性格を色濃く持つ「チャンピオン」とは異なります。

「横綱」と「チャンピオン」との間にステータスかタイトルかという、こうしたニュアンスがあるため、どうしても、私たちが「横綱」を見る目は厳しいものになってしまいがちです。「横綱」という地位はみんなが認めた地位という意識が私たちのどこかにあるため、横綱が生身の人間であるということをつい忘れてしまって理想像を描いてしまうのです。ですから、横綱は直接的には何の利害関係も持たない人たちからも、Fairであり、Fineであり、Niceである人柄が求められる立場なのだと言えましょう。

また、「横綱」は単なる私的ポストではありませんので上司を意味することばではありません。したがって、「横綱」は組織を統制したり、あるいは部下を管理するための権限や権威を背景にした職位ではないのです。「横綱」は、ある意味で国民的スター（または英雄）という立場に近いので公共性ないし社会性を兼ね備えたステータスとして広く行き渡っている呼称です。そのため英雄あるいは公人に対するときと同じような、理想の振舞いを望んでしまう感覚で横綱に対して私たちは過大に期待してしまいます。「横綱」ということばの響きには、こうした役割期待が込められていると言えるのです。

……………………………………………………………………

その「横綱」をめぐって、近年、本元の相撲界において横綱の品格が取り沙汰されています。その物議の発端は最近、横綱の取り口に頻繁に見られる「張り手」や「かち上げ」が、品格に欠ける美しい相撲ではないという指摘でした。

そこで、本書では、Ⅰ「基調」において横綱の品格をめぐる論点を浮き彫りにし、この物議に対する私の考えを開陳します。続いて、それを主調にしてⅡからⅤまでの四つの章で二四のエッセイを評論風に展開しています。

どの分野でもトップに立つほどの人はその道を極めようとする意欲が盛んな人であり、ストイックなまでにそれぞれの分野における「美しさ」へのこだわりをもつ人です。Ⅱ「「美しさ」へのこだわり」は、スポーツと芸術におけるこうした「美しさ」に関連する五つのエッセイからなっています。

「横綱」は強くなければなりませんが、強い者は概して私たちの義侠心あるいは判官びいき等によって、とかく悪者にされがちです。そうした観念を払拭するためには礼儀と品格を備えた人柄が特に要求されます。Ⅲ「強者と弱者」では「横綱」は強いとする固定観念に基づいて、さまざまな負担条件が課されがちですが「横綱」が強者の立場であるとみなされることに関して、必ずしも強者の立場が実際の強者であるとはかぎらないということを私の経験したことを踏まえた六つのエッセイとして語っています。

相撲の横綱にかぎらず一般に「横綱」と呼ばれる人たちは、権限や権威を背景に人を従わせる立場にあるわけではありません。また、単に強いからという理由で尊敬されている地位でもありません。むしろ他律規準や自律規準に忠実な人柄であるからこそ横綱は尊敬されるのです。その意味でⅣ「私的ポストと社会的ステータス」では「横綱」という地位は組織内の私的ポストであると同時に公共性を強く備えた社会的ステータスでもあるのではないかという問題を五つのエッセイにおいて提起しています。

最後のⅤ「ルールについて――禁じ手と命じて――」は横綱に課せられた「禁じ手」と「命じ手」を念頭に置きながら、品格というものについて考えています。繰り返しになりますが「横綱」はもともと他の者を支配するという職責上の立場ではありません。ということは、少なくとも自分で他者を拘束する立場にはないことを意味しています。品格は通常、自分で他者を支配するようなルールを作る権限とは無縁の属性です。あえてルールとのかかわりでいえば、ルールを遵守する姿勢こそがむしろ私たちに品格を感じさせます。そうした意識をもって、そもそもルールというものはどういうものか八つのエッセイに認《したた》めました。「張り手」がルール違反であるか、違反でないかを論ずるに当たっては、ルールとは何かをあらためて考えておかなければならないからです。

以上のような構成ですので、本書は相撲の世界の具体的な特定の横綱を対象にして語ることを直接の目的としたものではなく、その狙いは「横綱」と呼ばれるような、それぞれの道で尊敬される人を念頭においてその品格とは何かを探ろうとするところにあります。

本書は全体を通じて相撲界の横綱にとどまらず、一般に言われる「横綱」、つまり各分野で「横綱」と呼ばれるのに相応しい人たちを想定して評論風エッセイ集として編んだものと理解していただければ幸いです。

特に最後のエッセイ『国際化社会と多様性社会』では、「普通の人」を対象にしたルールの遵守は当然のこととして、さらにそれを前提にして「特別な人」を対象にした特別なルールに従うことを強調することは多様性社会において、特別な理性、感性、感覚を備えた人へのルールを考えるときの最初の一歩であるという私の思いが込められています。本書の副題（サブタイトル）を『多様性社会を評論風に語るエッセイ集』としたのはそういう意図です。「横綱」に関して言えば、規律を守ることは当然のこととして、さらに自覚が求められるということです。

ところで、かつては、難しいことをかみ砕いて優しく説明するということが表現者や学者の使命であるように言われていた時代がありました。しかし、今日では、私たちが日頃、身近に接したり、当たり前のことと受けとめていることが、実は奥の深い、みんなが考えなければならないことなのだと気づいてもらうように伝えることが表現者の使命だそうです（映画監督の是枝裕和氏の言葉）。

「横綱」(と呼ばれている人々)の品格に関しても、例えば、価値の多様性社会における普遍的ルールの問題等、実は私自身の今後の課題としなければならないような奥深い問題を孕んでおります。そうした問題提起を私の経験を交えて、可能な限り身近な問題にブレイク・ダウンして書くように努めましたが、何分にも私自身の筆力(文章力、表現力)には限界があるため、十分に書き尽くせたかどうか、はなはだ心もとなく感じております。そのことを承知しつつも、本書をもって「横綱」の品格の問題については、一区切りとしたいと存じます。

本書に収められた一つ一つのエッセイにお目通しいただき、そこに込められた問題提起に対していくらかでも読者諸兄の関心が得られれば、私にとってはこのうえない喜びです。

二〇一九年　初秋(京都にて)

瀧田輝己(不羈)

# 謝辞

本書が成るに当たっては、多くの方々にお世話になりました。わけても、私が所属するロータリークラブの先輩であり、先日、引退されるまで、京都市の市議会に議席を占めておられました今枝徳蔵氏には、数々の相撲の専門知識についてご教示いただきました。氏は学生時代にアマチュア相撲で活躍し、その関係で、多くの著名な角界の関係者とも親しく交流なさってこられたそうです。相撲の世界に全く縁のない私が、『横綱の品格』を物するにあたって口幅ったいことを言うようで気が引けたのですが、相撲の専門用語、あるいは角界の慣習等に関して、参考になるお話をいろいろ教えていただきました。背中を押していただいたような気がしています。厚く御礼申し上げます。

私が現在、通っている京都囲碁道場を主宰する今分喜行先生には囲碁に関するご指導をしていただきました。京都囲碁道場については、ご存じの方も多いと思いますが、ここ数年、全国高校総合文化祭囲碁部門女子個人の部優勝、同じく男子個人の部準優勝、ボンド杯争奪全日本こどもチャンピオン戦中学生の部優勝など、全国的に数々の実績を残しています。

私は週に一回程度、指導碁を先生に打っていただいておりますが、それとは別に道場の「月例会」にも参加しております。その折には、孫のような小学生との対局も楽しんでおります。「月例会」では、相手を敬う気持ちを表す「礼に始まり、礼に終わる」という所作を親身に指導する若い先生たちの姿を目の当たりにし、どの分野にも通ずる礼儀の大切さを、いつも実感している次第です。

そのほかにも、本来ならばお一人お一人、お名前を記して、感謝の気持ちをお伝えしなければならない方々がおられますが紙面の関係でお許しいただきたく存じます。多くの方のご厚意がなければ、本書の上梓が叶わなかったことは言うまでもありません。

心より御礼申し上げます。

今回も泉文堂の大坪克行社長には衷心より謝意を申し上げなければなりません。自虐的な言い方は憚《はばか》られるのですが、今日の時代感覚から見て、本書もまた、前作（『人それぞれ』）の時と同様、市場性が保証されているとはいえないにもかかわらず、ぜひ公刊したいという私のわがままを受け入れて下さり、深く感じ入っております。昨今の厳しい出版状況の最中でのご厚意に対しては筆舌に尽くしがたい思いでおります。

また、編集部の佐藤光彦氏は、私が数々の無理難題を申し出た際にも、直ちに「ダメ」、

「できない」と否定的に対応するのではなく、常に著者と一体感をもって、希望に沿うよう、「何とか考えてみよう」という姿勢で応えてくれました。氏の本作りの気概に触れるたびに、深い感銘を受けました。

私事ですが、妻由美子には今回も面倒をかけてしまいました。教育者の下で生まれ育ったという環境によって培われた彼女の読書好き、そして豊富な読書量が本書の推敲を少なからず確かなものに近づけてくれました。

瀧田輝己

二〇一九年　初秋

# 目次

目　次

# I 基調

# 「横綱の品格」について

## 物議

### (1) 物議の発端

日本の相撲はその伝統と格式ゆえに一般に国技とみなされて、私たちに広く親しまれてきました。私たちは力士を見ると無条件で心の優しい力持ちというイメージをいだき、親しみを込めて「お相撲さん」と呼んでいます。とりわけ、その頂点に立つ横綱に対しては厳かな思いで仰ぎ、幼子を抱いてもらい、頭を撫でてもらえば、その子は丈夫に育つといったような信仰心に近い崇敬の念をもって接しています。それは、おそらく相撲が神事であった名残でありましょう。

近年、その横綱の品格が物議を醸しています。日本相撲協会理事長の諮問委員会である横綱審議委員会が横綱の取り口においてたびたび見られる立ち合いの「張り手」や「かち上げ」を横綱としての品格に欠けるものであり、美しくないと問題視したことが発端です。一方で、「張り手」や「かち上げ」は気高い横綱の取り口として相応しくないという問題が提起され、他方で、「張り手」も「かち上げ」も相撲のルールに反するものではない（正確に言えば、禁じ手として挙げられていない）という反論が唱えられています。

かたや、「そもそも横綱の相撲は美しくなければならない。そのためには横綱というものは品格を備えなければならない」という、横綱一般に美しい相撲を命じ、そのために横綱には品格を求める主張です。こなた、「あの横綱には品格がない。だからあの横綱の相撲は美しくない」と特定の横綱の品格の欠如を述べ、結果としてその横綱の相撲（「張り手」や「かち上げ」）は美しくないという事実を指摘したものであるようにも見えます。

相撲の美しさ、あるいは横綱の品格に関する両者の言い分は、当為か、事実か、という食い違いに加えて、一般的かつ抽象的な概念としての横綱に対して命じているのか、個別的かつ具体的な特定の横綱を対象にして語っているのか、いい方を換えれば、そもそも横綱というものはということなのか、個別（具体）的にあの横綱はということを頭においているのか、そうした食い違いも絡んで、複雑な対立を生み出しているのではないでしょうか。これらの絡み合った議論を解《ほぐ》して同じ土俵上に乗せ、そのうえで「横綱の品格と相撲の美しさ」の関係を論じ合わなければ、実効性のある有意義な結論を得ることは困難だと思います。

## (2) 横綱の由来

もともと横綱は番付上の地位ではなかったらしいのです。大関（関脇の場合もあるとのことです）の中でも特に技量、力量が優れており、人柄においても品格を備えた力士が、土俵入りのときの化粧まわしの上に白麻製の七五三縄《しめ》を付けることを相撲の宗家（相撲司家）と言われている吉田家から許された力士に対する呼称であったとのことです。当初は「横綱大関」と呼ばれていたとの指摘もあります。

横綱の品格について何かを語るとき、よく引き合いに出されるのは、江戸時代に強さ抜群の大関であった雷電為右衛門が横綱になれなかった話です。あまりにも強すぎたためという説もありますが、その理由については歴史家の間でも定説を見ないようです。特に「張り手」が強力であったため、雷電に限り「張り手」の使用が封じられた（「封じ手」とされた）という言い伝えもあるようです。こうした諸説は、横綱は強いだけでなく、そしてまた勝つためには何をやってもよいということではなく、あくまでも好ましい内容の相撲を取ることが求められているという主張の原点あるいは根拠となっているように思われます。

戦後間もない一九五〇年に、横綱への推挙は吉田司家から現在の横綱審議委員会に受け継がれました。横綱審議委員会もまた技量や力量が抜群なだけではなく、人柄においても品格が備わっていなければ、横綱に推挙できないという立場を貫いています。

## 「禁じ手」と「命じ手」と「封じ手」

### (1) 禁じ手

一般的にいえば、ルールというものには、「禁ずる」を内容とするものと「命ずる」を内容とするものの二つの種類があります。このうち、禁止を内容とするルールは、公平を期すため、それが適用される対象者を選びません。そのため、違反者を多く生じさせることになってしまう危険もありますので、犯してはならない最低限の違反行為が、個別的かつ具体的に列挙され、類推解釈などの拡大解釈ができないような表現で明示されることが多いと思います。相撲の「禁じ手」も力士全員を対象に示された反則行為ですし、その内容は、相撲を取るにあたって当り前のことと言えるほど誰もが知っている最低限の禁止行為です。日本相撲協会がルールとして明示している禁じ手は次の八つに限定されています。

・握り拳で殴ること
・頭髪を故意につかむこと
・目またはみぞおち等の急所を突くこと
・両耳を同時に両手で張ること
・前立褌《まえたてみつ》をつかみまたは横から指を入れて引くこと
・のどをつかむこと
・胸や腹を蹴ること
・一指または二指を折り返すこと

しかしながら、横綱は、明示されているこれら八つの「禁じ手」さえ犯さなければ、それでよいということにはなりません。さらに横綱として相応しい、または好ましい内容の相撲を取ることが命じられています。横綱に求められている取り口などを、ここでは、仮に「命じ手」と呼ぶことにしますと、「命じ手」は横綱ならば当然のことであると私たちがほとんど無意識に感じている高いレベルの要求なのです。

## (2) 命じ手

ただし、「命じ手」は他の力士の模範となるよう、力士を代表する立場の横綱を名指して命じていますので、力士を選《すぐ》って横綱だけに厳しさを強いているように見えます。そのために勝負の世界であるにもかかわらず横綱だけに不公平な負担条件を課しているという印象を与えかねません。その不公平感を多少でも和らげ、そしてまた、内容が類推ないし拡大解釈の余地をむしろ歓迎するというたぐいのものなので、一般的な表現や抽象的な言い回しで要求されていたり、あるいは、あえて明言を避け、暗示された命令となっていることが多いのです。

現在、横綱に命じられている事項の一つは、横綱が備えていなければならない「品格」です。横綱審議委員会は次の五つを目安にして、品格の良否を判断することとしています（横綱推薦の内規「品格についての内規1」より）。

・相撲に精進する気迫
・地位に対する責任感
・社会に対する責任感
・常識ある生活態度
・その他横綱として求められる事項

これらは、相撲の取り口というよりも力士自身の人柄にかかわる内容に見えます。「内規」が「品格の確認は、日常生活の観察および師匠の証言などにより判断する」と続けていることからわかりますように、横綱審議委員会は力士の品格を日頃の生き様から醸《かも》し出されるもので、その力士が相撲を自分の生活の中で、どのように位置づけているかということと深く関係しているとみなしています。つまり、品格は力士の日常生活における相撲に対する姿勢から自然に湧き上がり、そうした品格を備えた力士による取り口を横綱に求めているということです。このような横綱審議委員会が一般的、抽象的表現で、横綱一般に求めている取り口が「命じ手」なのです。

## (3) 封じ手

力士が相撲というものを、勝敗に強くこだわるゲーム性の強い格闘技の一つとして理解しているのか、それとも礼儀や様式を尊重し、勝ち方や負け方の美を重んじる、日本古来の武道の一つと見なしているのかの違いによって、勝ち負けを「目的」とするか、または「結果」と捉えるのかというように、相撲に対する姿勢も異なったものになります。やがて、その姿勢は力士としての人柄に昇華し、さらに取り口や土俵態度となって私たちの目に映るようになるのではないでしょうか。

忘れてならないことは、横綱に推挙され、承認された後の伝達式において、協会からの使者を迎えた大関が、異口同音に「横綱の名に恥じぬよう、日々精進します」という旨の誓いを宣べている点です。この誓いのことばは横綱審議委員会から推挙されるにあたり横綱として相応しい品格を備え、それによって暗示された「命じ手」を了解したという口上です。この宣誓の中には、例えば、品格を著しく欠くような立ち合いは封じられることがありうるという旨の不文律の受容も当然含まれていると考えられます。つまり、宣誓には「禁じ手」の行使はもちろんのこと、「命じ手」の不履行や不足が頻繁に見られれば、品格の欠如と認められ、そのことを理由にそのような立ち合い、取り口が封じられることもありうることを了解したと解釈できるのではないでしょうか。

蛇足ながら、敗者の気持ちを慮ることのない、勝ち誇ったガッツポーズ、そして、もともとは敗者の苦しみを取り除くための思いやりの気持ちから為されたといわれている「とどめ」とは似て非なる不必要なダメ押し、さらには制限時間いっぱいになったとき、闘志を露《あら》わにして最後の塩を取りに行くときの所作なども、「張り手」や「かち上げ」と同様、横綱に求められている品格とは程遠い非礼ないし不作法な振る舞いであり、「命じ手」の不履行あるいは不足に当たることもあると思われます。

相撲には「勇み足」という気負いが生む落ち度を警《いまし》めるような非技（勝負結果）の決ま

りがあります。同時に、「庇《かば》い手」という相手を怪我から防ぐための思いやりを認める判定基準もあります。相撲に、こうした気負いを嫌い、思いやりを喜ぶ定めのあることを忘れてはならないと、力士、とりわけ横綱の品格は求めていると考えられます。

以下では、「横綱の品格」に関する横綱審議委員会の「内規」に沿って、逐次、その内容を私なりに掘り下げていきたいと思います。

# 相撲に精進する気迫

## (1) ストイックな人

相撲に精進するということは、おそらく、ストイックに相撲に専心し、その営みを通じて人として従うべき条理を会得しようと努めることだと解釈できます。ストイックな人は常に自身が納得の行く相撲を取るための努力を惜しみません。力士の中には、求道家の様相で一途に相撲の真髄を極めたいと願っている人が多いと思います。だからこそ、彼らは厳しい稽古にも耐えられるわけです。

足の運びをよくするために腰を割って足裏を浮かさずに、左右同じ側の手と足を一緒に前に出しながら前進する「すり足」、片足を他方の足まで引き付けて、その後、引き付けた足を高く持ち上げて、土俵を踏みつけるように力強くおろし、足腰やつま先を鍛える「四股《しこ》」（これは、元を正せば大地に潜む悪霊を封じ込めるための所作であったとのことです。）、鉄砲柱《てっぽうはしら》と呼ばれる丸柱を利用して相手を突き放す力を鍛える「てっぽう」など、誰が見てもあまり面白くはなさそうな反復運動を黙々と力士はこなします。さらに、体当たりして立ち合いの威力を増し、同時に土俵上で倒れるときの受け身を体に覚えさせるための「ぶつかり稽古」に息を切らせます。そのような、単純ではあるが、基礎的な力をつけるための日々の稽古が裏付けとなって、本場所での相撲の美しさが生み出されます。

このときの美しさは、単に技が綺麗に決まるというたぐいの美ではありません。相手との攻防の中でにじみ出る美であり、互いに力を出し切った相撲では、たいていは、派手な投げ技ではなく、最後は力尽きて土俵を割るという地味な決り手が多いのですが、それにもかかわらず、勝負がつくまでの攻防が素晴らしいのです。

このように相撲の美しさは、決して意図して演じられた美ではなく、日ごろの稽古によって鍛練した力士同士が本場所において織り成す動きの中で見られる、相撲の極意の顕れです。わけても、実力が伯仲する横綱同士が組み合ったまま、力を入れ合うと力学的にはこういう動きになるのかと思わせる内容の相撲では、観客も思わず（多くは不利な体勢になった方の力士と一体になって）力が入り、体を動かしてしまうものです。私たちはこうした相撲を観て心を満たし、長く記憶に残すのです。つまり、贔屓《ひいき》力士の相撲でなくても、観客は興奮して、勝敗（結果）に関わりなく、相撲の醍醐味を満喫します。

ちなみに、私は互いにがっぷり組み合って渡り合う「四つ相撲」と呼ばれている相撲に興奮します。栃錦対若乃花（初代）戦、輪島対貴ノ花（貴乃花の父）戦、最近では、白鵬対日馬富士戦は「ぶつかり稽古」、「てっぽう」などで鍛えた鋭い立ち合い、「すり足」によって身につけた腰を割ったままの姿勢での足運び、互いに地道な反復稽古の成果を遺憾なく土俵上で発揮した攻防などは実力互角のとても美しい力相撲であったと記憶しています。

## (2) 相撲道

本場所では、勝敗（結果）が重視され、大勢の観客も星取表に関心を寄せがちになります。しかし、力士が勝ちにこだわるあまり、その場しのぎの相撲が多く取られるようであれば、観客は相撲に対する魅力を失い、場所（土俵）から足が遠のくのではないかと心配になります。そこで、そのような相撲が蔓延することを防ぐためには、「禁じ手」をいっそう多く定めたり、あるいは多くの「封じ手」を強要するような対策をたてなければならなくなりそうですが、そうなれば、相撲に精進する力士や親方たちが望んでいる相撲ではなくなってしまうことは火を見るより明らかです。そこで、相撲に精進する人たちは「禁じ手」、「封じ手」および「命じ手」などの規制や規律が外部から課される前に自分たちで自主的にそのような勝ちだけに固執する相撲を抑止するようになるのではないでしょうか。

力士が目指すものは、勝ち負けの結果がすべてである他種の格闘家のそれとは比べようもありません。一人ひとりの生涯にわたる（現役時代の）負け数が相撲ほど多く許される格闘技は他には見当たらないことをみれば、少なくとも、相撲は勝負第一主義の格闘技ではないということがうかがえます。何といっても、角界人の目指すものは相撲の奥義を追究することなのです。相撲道の精神は相撲の真髄を追い求めることを通じて、人として進むべき道を極めたいと思っている無垢な人たちの気迫であると思います。

# 横綱という地位に対する責任

## (1) 力士の代表としての横綱

私たちはそれぞれ漠然と横綱像を描いて、「横綱とは云々」と語ることがあります。多くの場合、歴史に名を残している横綱を思い描いて、その特徴を心に刻んでいるか、あるいは個人的に尊敬している横綱を思い浮かべて、その特徴を抜き出しているかなど、何らかのかたちで典型的な横綱をイメージしているのではないでしょうか。

ともあれ、横綱はすべての力士を代表する存在です。子供たちは横綱の相撲を観てそれを真似ます。ですから、横綱の取り口はその時代の相撲を表徴するものといってもよいと思います。「マムシの異名を持つ名人横綱」栃錦の上手出し投げ、「土俵の鬼」若乃花(初代)の呼び戻し、「黄金の左腕」輪島の下手投げ、「ウルフ」千代の富士の強力な引きつけ、「平成の大横綱」貴乃花(貴花田時代)の顔から土俵に落ちた相撲、その他(横綱ではないが)「角界のプリンス」といわれた貴ノ花(貴乃花の父)が片足をとられても、一本足で勝利した相撲、同じく、髷が先に土俵についたため負けた相撲、あるいは庇い手か着き手かと議論を呼んだ相撲など、私たちはそれぞれの時代を代表する力士（特に横綱）の相撲をその力士の「相撲に対する姿勢」あるいは「人となり」に結びつけて鮮明に記憶に残してきました。私の子供の頃には、好きな横綱の土俵入りの型、仕切りの姿、そのほか、土俵上のさまざまな所作に至るまでその特徴をまねて校庭等で相撲を楽しんだものです。

## (2) 横綱の行動基準

一人ひとりを取り上げれば、それぞれ個性的である横綱をまとめて、一つの横綱像を形成する場合に、私たちはその横綱像をどのように作り上げているのでしょうか。おそらく、横綱が外から課される規準と横綱の内心において自ら課す規準の二つをかたくなに守っている姿を見て、横綱らしさ、あるいは横綱のイメージを一つにまとめ上げているのではないかと思うのです。

力士は協会という集団に自発的あるいは強制的にそのメンバーとして所属します。通常、私たちは自分が特定の集団に属していると意識すると、その集団の統一された規則（rule）や決まり（code）に従う義務を覚えます。親方や力士は、はじめは意識して協会の構成員として、これらの規則や決まりを受け入れるのですが、やがて当然のことであるかのように抵抗なくこれらの規則等に拘束されるようになるのが普通だと思います。これらの規則等は、協会の構成員であり続けるために要求される資格要件でもあるからです。

協会の場合、この種の資格要件は所属する構成員を対象にする協会独自の行動規準(principle)であり、そこから逸脱することのないような禁止の形式で定められています。このとき、「横綱」は他の力士の模範となるよう、協会が制定している規則に率先して従うことがまずもって求められる地位なのです。

その結果、角界において統一されている行動規準を必ず遵守しているということが横綱の概念を確立する場合の大枠といえるわけです。協会の構成員を束ねる、資格要件を率先して満たしていることは横綱像が確立されるときの最初の枠組みとなるのです。

## (3) 横綱の価値基準

横綱の概念が築き上げられるためのもう一つの根拠は、歴代の横綱が共有する考えや価値判断のよりどころ(criterion)です。横綱が主観的に帰属していると思っている世界での共通の価値観だと思います。そこで共有されている価値判断のよりどころは誰からも強制されるものではなく、それぞれの横綱の心の中で自主的に形成され、自発的に従う規律です。

協会のような閉鎖的な集団の中では、多くの場合、集団内に浸透している伝統、慣習、教育などが親方や力士などによって共有される価値基準あるいは信念となりやすく、それが協会全体の統一性をもたらすことになります。

こうして自然発生的に生まれた「統一性」を、私たちは、通常、角界における「常識」の一部であると認識します。私たちはこの種の「常識」を協会の構成員に当てはめてその意思決定や行動を予測し、また期待するわけです。実は、横綱審議委員会の「内規」も、角界の「常識」となった価値基準を例示したものと考えることができるのです。

かくして、協会の定める行動規準を遵守し、そして構成員が共有する判断規準すなわち協会という集団の中での「常識」を身につけた横綱は横綱像の基本モデルに十分なりうると思います。

## (4) 規則と常識

以上のように、私たちが「横綱らしさ」を感じることができるためには、横綱の行動が協会の構成員である以上、守らなければならない規則（行動規準）に従ったものであり、そして、横綱の考えは協会の構成員が心のよりどころとする共通の信念（判断規準）から生み出された角界の「常識」に依拠したものであると感じられなければなりません。相撲の取り口についていえば、取り口に関する規則において、ルール違反（禁じ手）が明示的に限定列挙されており、横綱の品格に関する「内規」において、横綱という地位に対する責任として「常識」の一部が抽象的に例示列挙され、あるいは暗示されています。

規則と常識との間に齟齬がないときには、規則に準拠していれば、常識からの隔たりは生じません。また、常識に従えば、規則に反することもありません。しかし、両者に相違がある場合には、横綱といえども、内心において葛藤が生ずることがあるでしょう。規則に同調しさえすれば、常識から逸脱する行動をとってもよいのでしょうか。あるいは常識に従おうとすれば、ときには規則に違反しない行動であっても自重しなければならないのでしょうか。こうした二律背反の選択に迫られるときもあるのです。規則からの逸脱の意識が生じたときは罪悪感を引き起こします。そして、常識からの隔たりを感じたときは、常識に欠けたことによる自責の念にかられます。

横綱は、(1)客観的に自分が所属する集団の規則を行動規準とし、(2)主観的に自ら帰属していると思っている集団の共通の信念すなわち常識を判断規準として、ときには、罪悪感あるいは自責の念を覚えて苦しむことがあると思います。

ただ、歴代の横綱が規則に違反したことを理由に集団からの離脱を余儀なくされた例は稀です。多くの横綱は力士としての余力を残しつつも、自らの信念ないし「常識」の水準に届かなくなったと感じたときに横綱としての地位から身を引く決意をしてきたように思います。

このことからも推測されるように、横綱としての地位を守るためには、技量、力量が抜群であることを要求する規則に応ずることは当然のことであり、それを大枠として、品格など、角界の「常識」を纏《まと》っていることが必須の条件でありましょう。留意すべきは、横綱に求められる自らの判断規準ないし信念には、つまり、私たちが横綱であれば当然と期待している「常識」には「横綱の社会に対する責任」も含まれていることです。

## 横綱の社会に対する責任

### (1) 公益法人としての協会

あらためていうまでもないことですが、日本相撲協会の正式名称は「公益財団法人日本相撲協会」です。横綱をはじめ、すべての力士、親方、行司、そして呼び出しは協会の構成員であり、公益法人の一員として、それぞれ責任を果たさなければなりません。公益法人の責任については、ビジネスの世界の私企業すなわち営利法人と比べると、より明らかになりましょう。

営利法人は日頃の活動について、原則として社会的制約を受けず、単に私的契約にのみ縛られます。営利法人には、競争市場の原理に委ねて、ひたすら利益を求めて行動することを善とし、むしろ社会的に制約されないことが理想とされます。これに対して公益法人は私的契約に加えて社会との間で締結された契約にも拘束されます。

公益法人であっても営利行為は許されていますが、しかしそれはあくまでも社会的契約の枠内でのことです。公益法人はさまざまな経済的特権が社会から与えられる見返りとして公共の利益に貢献することを約束し、種々の社会的責任を負います。公益法人に関する法律等の中で謳われている諸々の義務や権利はこうした社会的契約の内容なのです。それに加えて、高いレベルの企業倫理（社会規範）もまた公益法人と社会との間で結ばれた契約内容には含まれていると考えなければなりません。

通常、公益法人はさまざまな経済的特権をこのまま享受することによって得られるプラスの満足の方が、その見返りとして数々の明示あるいは暗示された義務を履行する負担よりも大きいと思えるうちは、なお、公益法人であり続け、競争市場の原理が働くビジネスの世界に戻りません。しかしながら、公益法人はしばしば私利と公益の板ばさみになり、利益相反の状況に陥ります。このとき公益法人が私利私欲に駆られて公益を侵害してしまうということがあれば、社会が公益法人に税負担の軽減などの経済的特権を与える意味は失われてしまいます。そのときには、社会的契約は破棄され、公益法人は特権を放棄せざるを得なくなり、競争市場の世界に戻されてしまうのです。

## (2) 社会との間の契約

横綱という地位は、もちろん横綱自身の生活を支える重要な私的組織内のポストです。同時に、社会的契約に拘束される公益法人内のポストである以上は社会的なステータスでもあります。一般の企業人には許されることでも、各種の特権が付与される公益法人を構成する力士には認められないことが多々あります。さらに、横綱は協会の「顔(看板)」であるため、力士一般には容認されることであっても、横綱には許容されないということも多いのです。横綱に対しては一般の力士より高度の倫理に従うことが社会から期待されるわけです。

勝たねばならないという欲求(私利)と、品格(公益)を備えなければならないという義務は横綱であればともに満たさなければならない二つの責任であり、応えなければならない期待なのです。確かに勝ち星は横綱の地位を維持するための大きな目安となります。とはいえ勝ち負けに一喜一憂すれば、社会から期待される横綱像に抵触することもあるのです。別のいい方をすれば、横綱という地位には利己心よりも品格を優先させなければならないという社会的使命がすでに組み込まれていると考えなければならないのです。

そのうえ、横綱は利己心を優先させる可能性がある状況をあらかじめ避けなかったというだけで、その社会的評価を失うリスクにさらされてもいます。未だ、誰にも実害を加えず、あるいは実損を与えない段階でも、そしてまた具体的な公益を侵しているというわけでもない状況であっても、品格基準を満たさないときには、「李下に冠を正さず」と戒められて、社会から尊敬、敬愛されなくなってしまう。横綱審議委員会の「内規」の中で横綱の品格基準の一つにあげられている「社会に対する責任感」は、利己心によって公益を侵すことをあらかじめ避けなければならないという予防措置（safeguard）として働いているといえるのではないかと思えます。

このように、横綱という社会的ステータスに対しては「禁じ手」や「封じ手」はおろか、「命じ手」も満たさずに、ひたすら利己心に基づいて勝ち星だけを求める身勝手な振る舞いを認めるほどの寛大さが社会から与えられているとは思えません。仮に、横綱が利己心を優先させてしまうことがあれば、「社会に対する責任感」という「内規」の不履行が疑られるだけではなく、そもそも横綱が代表的な構成員である協会自体もまた、公益法人として従わなければならない社会的規範（倫理）にもとるとみなされ、さまざまな特権が召し上げられてしまう恐れが生じるのです。

こうしてみると、横綱というステータスは単に組織内の規則や自らの信念に逆らわなかったというだけでは維持できず、社会との間で公益法人である協会が約束した高い水準の倫理基準を満たさなければならないという社会的責任も負わなければならない立場です。その意味で、極めて厳しく、かつ不安定な地位なのかも知れません。

# 常識ある生活態度

## (1) 角界の不祥事

ここ数年、角界においては大相撲野球賭博問題、八百長相撲問題、度を越したしごきによる若い力士の死亡事件、横綱の一般人に対する暴行事件、横綱の後輩力士に対する暴力事件など、新聞紙上を賑わすほどの不祥事が続発しました。それにつれて、協会に向けられる世間の目は厳しく、風当りもきつくなっています。

確かに、相撲には格闘技としての一面もあります。そのため観客もその迫力に魅力を感じ、ある種の期待をもって観戦しているのではないでしょうか。サービス精神を発揮して、荒々しさをあえて誇示した方が、格闘技としてのエキサイティングな演出効果を高めることは確かでしょう。しかし、力士は「礼に始まり、礼に終わる」品格を欠くようなことのないように、協会や部屋の親方の教育を受けながら番付を登ってきているのです。

角界のように、番付という形で格付けが明確になされる世界では、格下の力士に対する格上の立場の者の行為はすべて教育的な目的を持ってなされていると見なされ、正当視される風習があります。ときには、格上の力士が節度を超えた振る舞いに及ぶこともありますが、そんなときでもその行為は「可愛がり」と目され、格下の力士は「ごっつあんです」と礼をもって返すしきたりが古くから存在しています。

実は、こうした風習やしきたりは、時代の流れの底に潜伏してしまっていて、近頃ではあまり目にすることがなくなった若者の礼儀正しさを私たちに思い出させてくれます。皮肉なことに、このように時代の流れに取り残され、忘れかけていた古典的礼儀が呼び起こされますと、私たちはそのことに目を奪われてしまって、本来、誰でもが持ち合わせていなければならないはずの、ずっと基本的な道徳心を麻痺させてしまいます。

## (2) 人気のバロメーター

最近、「相撲女子」ということばをよく耳にします。相撲の人気が闘争心あふれる若い男性ばかりでなく、女性にも広がりつつあることをうかがわせることばです。こうした相撲人気は相撲の歴史の深さと力士の礼儀正しさと、そして力を出し合う取り口の美しさによって高まるものです。単に古いというだけではなく、これまで重ねてきた歴史に思いを馳せるとき、歌舞伎等の伝統芸能にも見られるような様式美の味わいが魅力となって、相撲に引き寄せられる観客層を広げているということなのでしょう。

もちろん、伝統的な様式美だけが相撲への興味を呼び起こす誘因になっているわけではありません。かといって、ただ勝敗だけが力士の人気を高めるための要因になるというものでもないのです。かつては「憎らしいほど強い」と揶揄され、負けることに期待さえ持たれた横綱も見られたという悲劇を私たちは思い起こさずにはいられません。そのため、強い横綱ほど、常に生活態度を乱すことがないように心掛けていたような気がします。

どう見ても強面《こわもて》の顔つきや厳《いか》つい体つきが、力士の激しい気性や粗野な性格をそのまま表しているようであれば、周りに恐怖心を抱かせるだけです。しかし、逆に、「可愛い」と微笑まれるということは、そうした強面の顔つき等に接しても、それを気のやさしい「お相撲さん」に結びつけることに少しの疑問も彼女たちには持たれていないからなのです。

その意味で少なくとも横綱ならば「常識」であると思われている「生活態度」が品格基準の一つに盛られているとしても不思議ではありません。横綱自身の日頃の振る舞いが角界に対して私たちが共有している常識と著しく乖離すると感じられれば、即座に、横綱は心の優しい「お相撲さん」の代表としての地位に相応しくないと思われてしまうことが予想されます。

## その他、横綱として求められる事項

### (1) 二つの「人間らしさ」

日頃、私たちが、「人間らしい」と口にするとき、二つの意味を使い分けているのではないでしょうか。一つは、人間は他の生物と比べて、高い理性、豊かな感性、そして秀でた美的感覚等をもつという意味を込めて「人間らしい」と評価するときです。このケースでは、他の生物に対する優位性を暗に強調した人間像を評価基準として用いているのです。

よくある話ですが、集団生活をしている動物の群れの中で、わずかであっても、社会的秩序が認められるとき、あるいは私たちの日常生活において見られる親子の愛情や仲間意識に近い関係が見られるときなどには、私たちはそうした秩序や関係を「人間みたい」と評価します。反対に、野生の動物のごとく本能のままに行動する人を見るときには、「人・

間らしくせよ」と諭すことがあります。このような評価や説諭は、通常、無意識のうちに、たとえ、体力や身体能力では劣るとしても、それは問わずに、理性、感性あるいは感覚といった人間が自負している点における優位性に目を向けて「人間像」を築き上げ、それを典型的な人に見立てて比較基準にしてなされているのだと思います。

私たちは、多くの場合それぞれ個性的であり、考え方も物の見方も立ち位置も異なる、千差万別の人間を一人ひとり観察し、共通する属性を拾い上げ、それらをもって人間像を作り上げて、「人間らしさ」を認識します。このときの「人間らしさ」が、もともと人間の優位性に目を向けた観念である場合には、概ね「理想の人間像」を形成することになります。その結果、それとの比較を通じて個別的かつ具体的な特定の人を評価すると、いきおい厳しい目でその人の足らないところを見てしまうものです。

他方、私たちは欲望の赴くままに生きる人を現実の人間であると想定し、そうした等身大の人間像を比較基準にして、具体的かつ個別的に特定の人を観察することもあります。そのときには、どうしても甘い目でその人を評価してしまいがちになります。完璧な人間は存在しないのだから、少しぐらいの弱さ、欠点、あるいは失敗があるのは、むしろ「人間らしい」とおおらかな気持ちになるわけです。

こうしてみると、人間について概念形成を図る場合に、優位性を備えた理想の人間像を築き上げるか、野性味のような、ある種の非理性的な本性を強調した等身大の人間像を思い描くかの、いずれかによって、特定の人を観察するときに、厳しい判断となったり、あるいは寛大な処置をとったりすることがわかります。

## (2) 理想の横綱像と等身大の横綱像と実際の横綱

実際の横綱(ないし、その行為)を評価するケースでも、私たちは二つの横綱像を使い分けてしまいます。一つは理想の横綱像であり、他の一つは等身大の横綱像です。私たちが、「そもそも横綱というものは」というときは、大概、概念として横綱像を語るときです。このときに、理想の横綱像を期待するときと、等身大の横綱像に妥協するときの二つの横綱像が区別されるのです。

念のため、よく知られている三段論法に当てはめてみると、「そもそも横綱というものは」というときに語る二つ(理想と等身大)の横綱像は三段論法の大前提を構成します。次に、「あの横綱は」と特定の横綱(の振る舞い)を個別的かつ具体的に思い浮かべることは、小前提としての事実認識の役割を担います。そして、小前提が大前提の枠組みに当てはまるか否かを判断して結論とするわけです。したがって、繰り返しになりますが、横綱の品格を判断するとき、大前提として理想の横綱像をイメージするか、それとも、等身大の横綱像を思い浮かべるかによって、結論が厳しいものになったり、甘くなったりするのです。

実際に、私たちが心に描く「横綱らしさ」はこの二つの横綱像を両極とする連続体のどこかに位置する概念としての横綱像であり、それを一律に定めることは難しいと思います。その結果、個別的かつ具体的な特定の横綱の振る舞いについて、厳しい目で見るか、おおらかな目で見るかの度合いが人によってそれぞれ異なったものになるわけです。ただ、「横綱」はもともと優位性が期待された力士に与えられる地位ですので、私たちは等身大ではなく、理想に近い領域で横綱像を描くのが普通です。前述のように、高いレベルの社会的期待に応えることが横綱の姿であるとすれば、描かれる横綱像は「理想に近い」ものになるのは自然であるといえます。

………………………………………………

さて、これまで横綱審議委員会の「内規」に即して、順次、横綱の品格を解釈してきましたが、ここで、「内規」では触れられてはいない、三つの一般的な問題を補足しておかなければなりません。(1)評価に当たっての「二つの正義感」の問題と、(2)「議論において陥りやすい先入主と過度の反作用」の問題と、(3)相撲の「国際化」の問題です。

# 二つの正義感

## (1) 横綱一般に対するサンクションと特定の横綱に対するシンパシー

「そもそも横綱とは」というときの横綱像を対象に、その品格の有無を判定する場合に対立が生ずる原因として、理想の横綱と等身大の横綱という二つを両極とする連続体の間で無数の横綱像を私たちが想定するからであるということを見てきましたが、さらに、私たちの心の底に宿している二つの異なった正義感によって判定が厳格になったり、寛大になったりするという対立が生じることもあると思います。

具体的な顔の見えない、文字通り抽象的な横綱に対しては、その規則違反に対する私たちの反応は、容赦のない、厳しいサンクション（制裁）を支持する傾向にあります。「そもそも横綱とは」というときの横綱像において想定される違反行為に対するサンクションは秩序を乱した逸脱行為一般に対する報いとして扱われ、伝統や慣習といった秩序を守るための正義心に基づく応報とみなすことに私たちは躊躇しないのが普通だからです。

これに対して、個別的かつ具体的な特定の横綱の逸脱行為を目の前にする場合には、時折、面前の逸脱者を「弱者」として扱い、特別なシンパシー（同情心）を寄せることがあります。どちらが正論であり、あるいは邪論ないし曲論であるかということを決めかねるケースに接したとき、私たちは、おおむね弱者の気持ちを受け入れます。そうすることにより、内心に横たわる正義心（義侠心）を満足させるのです。ということは、対立が生じたときにいずれの主張が正当であるかという認識は、第三者が対立している当事者双方の間に割って入り、相対的に強者と弱者とを見分けるときの感覚に大きく依存するような気がします。

要するに、集団の秩序維持のための違反者一般に対するサンクションと特定の逸脱者に対して生ずるシンパシーとは、(1)ルールに背いた行為に目を向けたときの「罪を憎む」気持ちと、(2)逸脱者という具体的人間に目を向けたときの「人を憎まない」感情という、相矛盾する二つの正義感のそれぞれの具体的な形だといえるのではないでしょうか。

(1)は三段論法のプロセスにおいて大前提を構成する横綱像のうち、特に、甘えを許さず、厳しさを厭わない理想の横綱像を対象とする正義心であり、(2)は小前提のプロセスにおいて事実認識する特定の横綱に対する正義心です。ただし、(2)の特定の横綱に対するシンパシーは、(1)の大前提において理想の横綱像を想定した場合の厳格な気持ちとは強く衝突しますが、等身大の横綱像を想定した場合の寛容な気持ちには共鳴しがちな正義心です。

## (2) ルールの公正性

ところで、サンクションを課すことに、正義を見出だすことができないときが稀にあります。禁止や命令の理不尽さが目立ち、支配者（強者）によるハラスメントの一つと見なされるときです。

例えば、横綱一般に対して、「平幕力士と対戦するときは両差《もろざ》しを禁じる」というようような架空のルールを考えてみると、このルールの適用対象が不特定の横綱（横綱一般）であるとはいえ、この「禁じ手」は横綱に相撲本来の目的からはみ出してしまうようなハンデキャップを負わせる印象を私たちに与えることになるのではないでしょうか。理想の横綱像を思い浮かべて、対象としているときであっても、あまりにも酷な内容であると私たちに感じさせてしまい、「いくら横綱は強くなければならないとはいえ、それはかわいそう」という感情を芽生えさせてしまうことでしょう。

「張り手」や「かち上げ」を「禁じ手」とするときに「理不尽な仕打ち」が強く印象づけられるようであれば、たとえ具体的な顔の見えない、横綱一般に対して用意される禁止規定であったとしても、横綱一般をまとめて一つの弱者の集合体として観念し、あたかも特定の横綱に寄せられるときの同情心に近い感情を湧き上がらせます。このとき、横綱一般の行為に対する私たちの反応はサンクションというかたちの正義心から、シンパシーというかたちの正義心に変換させられるわけです。

　まして、単に強すぎるという理由だけから個別的に特定の横綱に対してのみ、得意技を「封じ手」とすることが言い渡されるならば、そうした禁止は横綱だからということではなく、特定の力士に対する強制です。そのため、ほぼ自動的にそこで想定される横綱像には、理想の横綱像ではなく、等身大の横綱像が当てはめられ、顔の見える力士に対するシンパシーに、等身大の横綱像に対する寛容さが加算されて、「命じ手」のハードルが一段と低くなり、その（強すぎる）横綱への同情心を募らせます。場合によっては、正義（公正性）に反する「弾圧《だんあつ》」であると感じさせてしまいます。強すぎるという理由で「張り手」を封じられた大関雷電が今日でも大衆の同情心を刺激するのはそのためだと思います。

# 議論において陥りやすい先入主と過度の反作用

## (1)　大前提が小前提に与える影響

　理想の横綱像を想定するとき、その理想像が、具体的に問題になっている特定の横綱の認識を「過大評価」に走らせてしまい、その結果、当該横綱の品格を必要以上に保証してしまうことがままあります。理想の横綱像が先入主となって、「横綱のやったことだから間違いはない（はず）」と決めつけ、特定の横綱の現実の蛮行に対してさえも私たちの正義心を停止させてしまうケースです。大前提としての理想の横綱像（イメージ）を信じるあまり、小前提である特定の横綱（ないしその行為）を認識するときにバイアスのかかった目でみてしまい、懐疑心を眠らせてしまうケースです。

また大前提（判断基準）を用意する行為として、理想の横綱像ではなく、等身大の横綱像を想定する場合には、前述のように、その等身大の横綱像に対する寛容な気持ちと、事実認識（小前提）するときの特定の横綱に対して湧き上がるシンパシーとが共振してしまうこともあります。寛容な気持ちとシンパシーとは、いずれも間違った行為に対しておおらかな反応を示すものではあるのですが、両者はもともと素性を異にする寛容心と同情心であり、区別されなければなりません。寛容な心は横綱としての足らない部分をおおめに見て許す心であるのに対して、同情心は相手に寄り添う気持ちから、足らない部分に向けるべき目をはじめから閉じてしまう姿勢なのです。

## (2) 事実認識におけるコンテクスト

以上のような大前提が与える先入観とは別に、事実認識するにあたって私たちがしばしば影響される要因として、特定の横綱の普段の立居振る舞いをあげることもできるのではないでしょうか。人の行為が、その人の日常の生活態度をコンテクストにして評価されるときです。

例えば、立派な言動から、日頃、人々に尊敬されている人が、何かの拍子に、つい冷静さを失い、利己心を露わにするという状況に遭遇すると、その人の本性を覗《のぞ》いたような気になり、「あの人にも、そういう人間らしいところがあったのか」と私たちは安堵します。その人の中にある人間の弱さ、あるいは欠点というものを垣間見た思いのしたときです。聖人君子が、つい人前にさらけ出す醜態を見ると、自分のような凡人が理性を失い、倫理に反することをしでかしたとしても無理からぬことであるという甘えの思考回路を通して、日頃の非理性的、非倫理的な失態についての罪悪感や劣等感を自ら和らげて慰めるのです。

一度だけの愚行によって、見抜かれてしまう横綱の人間らしさは、安堵感を私たちに与えることは確かですが、同時に、その横綱がそれまで築き上げてきた理想の横綱としての好印象を根こそぎ崩してしまいます。特定の横綱の日頃の行いが、品格を備えたものであっても、たまたま一度だけ、好ましくない振る舞いを目にしてしまうと、私たちは、その行為が横綱の全人格を表すものであるかのように評価を変えてしまうからです。

反対に、日常の立居振る舞いが、品格を欠く横綱であっても、たまたま礼儀正しく振る舞うと、その礼儀が際立って印象づけられ、私たちはその横綱の人柄を見直すということがたびたびあります。

特定の横綱に対するこれらの評価替えは、日頃の振る舞いが引き起こす、過度の反作用といえます。過度の反作用による事実認識は、三段論法のシェーマを通じて、私たちを誤った結論に導くのです。

# 武術の武道化と武道の国際化

## (1) 剣道の武道化

ところで、横綱の品格、とりわけ相撲の美しさについて考えをめぐらすとき、剣道の達人であった私の学生時代の友人が、彼のライバルと繰り広げた議論を私は思い出すのです。友人のライバルは、「剣術はもともと相手を倒すか、自分が倒されるかを想定した武術である。だから、時と場合によっては、岩の陰に身を置いて相手の目を晦ますことも厭《いと》わない。その場で利用できるものは何でも利用して勝つことが何よりも優先される」という趣旨の持論を展開したそうです。

それに対して、私の友人は、「剣道は勝敗だけを問題とする実戦的な武術ではない。剣道においては精神と精神、剣と剣との闘いこそが正道である。勝つためには何でも利用するというのは剣道の闘い方としては邪道である。そのような行為は、剣道においては決して褒められることではない」という旨の自らの思いを披歴したとのことでした。

## (2) 柔道の国際化

この話とは別に、柔道が国際化を進める過程で、その性格を変えてきたとたびたび指摘されることも気にかかるところです。例えば、柔道着は、かつて生成《き》りの白が決まりだったのですが、試合を観やすくするために、一方の選手は青く着色された柔道着を使用することになりました。全国の神馬が、ほとんど白馬であることや、日常用語として「白黒」という場合の「白」が意味するものなどからも連想されるように、私たちには白の装いは「神聖」ないし「正義」を暗示し、色つき、とりわけ黒または濃い色のいでたちは「世俗」ないし「邪悪」を象徴するという偏見が心の隅に住みついておりますので、当初はかなりの違和感を覚えたものです。

もっとも、柔道着の色それ自体は柔道の内容に直接の影響を与えるものではありません。問題なのは国際ルールが、柔道着の作りを大きく変えさせてしまったことです。一方の手で襟をつかみ（釣り手）、他方の手で袖を握り（引き手）、互いに胸を張って組み合うのがそれまでの柔道の型でありました。袖を握った手は綺麗に技を決めるための重要な役割を果たします。しかし、国際化してからは、型の美しさよりも勝敗を重視し、相手に袖を容易に取らせないようにする目的で、許されるかぎり袖のゆるみを無くすように仕立てられた柔道着を着用して試合に臨む選手が出現し始めたとのことです。

そのようなわけで、国際ルールになってからは互いに一本勝ちが難しくなり、時間切れとなるケースが多くなりました。その場合でも、審判は勝敗を判定しなければなりません。そこで、判定にあたって審判の主観をできるかぎり排除し、判定のあいまいさを除くために、判定基準（ポイント）を細かく分けたという経緯があります。その結果、一本勝ちをしなくても、わずかなポイント差をもって判定勝ちすればよいという戦略が選手の間で広く採られるようになり、柔道の真髄であったはずの姿勢の正しさや綺麗な技への執着心が希薄になってしまったということもささやかれています。型が崩れても試合に勝つためのポイントを稼ぐことの方が優先されるようになったというわけです。

明らかに、柔道は本来の一本勝ち（綺麗な型）を競うという競技とは別の種類のスポーツに変容してしまったのではないかと思われます。国際大会での試合運びを観ていると綺麗な型どおりの一本勝ちは、国際化の流れに取り残された日本選手だけに刷り込まれた、健気《けなげ》なこだわりのようであり、いじらしくさえ思えたものでした。

次に、横綱の品格に大きく関わる二つの論点、すなわち「相撲の国際化」と「相撲の美しさ」についての私見を述べて、その後の結論につなげることにしたいと思います。

# 私の意見

## (1) 伝統と国際化

私たちの立ち位置には、保守と革新という区分があります。一般的には、古いしきたりや現状を変えようとするとき革新的であるといわれるのに対して、変化を好まず現状を維持しようとすれば保守的であると見なされます。しかし、よく考えてみると、ひとくちに保守的といっても将来の持続的な発展のために慎重性や安全性を重視する未来志向の保守主義、現状維持を第一とする現在志向の保守主義、そして伝統を大事にし、ときには原点回帰を唱える過去志向の保守主義というように時間区分を異にする三つの意味を見分けることができます。

協会の運営に関しても、⑴将来の危険を回避するために、慎重に行動しようとする思想と、⑵変化を好まず、現状維持を重視する立場と、⑶過去の伝統を重視して古いしきたり等を維持し、あるいは復活させて後世に伝えていこうとする姿勢とが認められます。協会運営に当たって、角界の現状について「変えるべきは変えなければならない」とする方針は、将来のより大きな発展を願って、国際化を促進して相撲を近代スポーツの一つに発展（変化）させたいとする革新的な立場と結びつきやすいことは確かです。反対に、相撲の近代化を求める立場に対して慎重な姿勢を見せる立場は現在指向の保守主義と過去指向の保守主義とを合体させて、やみくもに変化を好まない姿勢となります。

しかし、正確に言うと、日本独自の神事を出発点とする相撲の伝統を守っていこうとする思想は、当然「原点に立ち返ろう」とする過去指向の保守主義なのですが、この場合、積極的に新しさを好む革新的な考えと同じく、この伝統主義の保守的な立場も、相撲の先々を思いつつ現状を変えていこうとするこころざしに変わりはありません。変化を歓迎する点では革新的な考えと一致しているのです。ただ、新しいものを採り入れるか、古いものを蘇らすか、その目指す方向が異なるだけなのです。

確かに、長い年月を積み重ね、受け継がれてきた伝統は、環境に馴染んだ落ち着きのある雰囲気を漂わせるものです。しかし、単に懐古趣味として伝統に固執するならば、古い慣習は淀んでしまい、やがて陳腐な空気を漂わせて、衰退していくことも懸念されます。伝統が維持されるためには、歴史の重みを感じさせながら、なおかつ革新的な感性も取り入れるなど、時代の感覚に即するように新しい潮流（新しい水の流れや風通し）を導き入れていく工夫が求められるのです。「故《ふる》きを温《たず》ねて新しきを知る（温故知新）」という格言は、伝統に無頓着な、あるいは伝統を無視した「飛んでいる横綱」を生まないために不可欠の品格要件であるといえましょう。

## (2) 相撲の国際化について

近年、私たちは国際化の流れをあらゆる分野で体験してきました。日本独自の伝統を国際的舞台に立たせるために、異文化に溶け込ませるかたちで多くの国際化が図られてきました。最近の若者の間では、（いまとなっては和菓子といってもよい）カステラをバターで炒めたものがおいしいスイーツらしいのです。さらに、世界のいたるところで、寿司レストランが人気を博していますが、実際には、現地で食材を入手することが困難なため、例えば、サーモンのような、これまで私たちが口にしてきたねたとは異なった握りであったり、さらに、海苔の紙のような食感を苦手とする人の多い外国では巻寿司が裏巻であったりします。

前述の柔道のケースも含めて、こうした国際化の流れは日本の伝統的文化が異文化に受け入れられるための一般的な傾向を示していると思います。実は、このような「内を外に合わせる」あるいは「出ていく」国際化については、私たちはあまり違和感や抵抗感を覚えることはないのです。むしろ、近代化の流れに速やかに追いつくための工夫と位置づけて納得するのです。

相撲の世界にも、国際化の波が押し寄せている現実は否定できません。しかし、相撲のケースは「内を外に合わせる」流れとは逆向きの「外を内に合わせさせる」あるいは「入ってくる」国際化です。しばしば指摘されることですが、東京生まれの人が京ことばを使おうとすると、現在では、京都の人が、日常ほとんど使うことのない「祇園ことば」を東京訛《なま》りで話すようになってしまっているらしい。逆に、関西育ちの人が東京弁を使って話をすると、東京人が今日、話していることばとはどこか違う「江戸ことば」となり、かつて江戸っ子が話していたとされるイントネーションがいたずらに強調され、ある種の滑稽さを伴う違和感を覚えるといいます。それぞれ地元の人は「そういうのとは違うんだよね」とつぶやきたくなるそうです。

「外を内に合わせさせる」国際化では、異文化を日本の文化に馴染ませることの困難さがもろに顕れます。加えて、この種の国際化では「庇《ひさし》を貸して母屋を取られる」という不安な気持ちが頭を持ち上げ、母屋を守らなければならないという私たちの防衛本能を揺さぶることも多々あります。

現在でも、剣道や柔道の世界において、それぞれ一部の人々ではありますが、伝統の美しさが依然として懐かしがられているように、相撲の世界でも伝統の美しさを維持していこうという意識は確実に存在しています。角界の大半が勝負至上主義に席巻されるというようなことがあれば、それは相撲の国際化がもたらす必然的な結果でしょう。しかし、そのことを承知しつつも、なお、伝統的文化を重んじる武道（相撲、剣道、柔道など）をひとくちに「格闘技」として括《くく》ってしまうと、そこには眼光鋭く、荒ぶるファイターによる打撃技の応酬をイメージしてしまい、直ちに抵抗感を懐いてしまう私にとって、礼儀正しく堂々とした綺麗な相撲を望む気持ちは、如何ともしがたいのです。

## (3) 相撲の美しさについて

### ① 注文相撲

私は勝《すぐ》れて好角家というわけではないので、普段、「品格」というものを格別に意識することもなく横綱の相撲を観戦してきました。それでも双葉山（双葉山の現役時代の相撲は時々放映されるテレビで知りうるのみですが――――。）や大鵬の品格を多くの相撲ファンと共通認識していることから、私も横綱の品格を感じる何らかの感性を持ち合わせていることは自負してもよさそうです。若手力士が横綱に対して立ち合いに「注文相撲」あるいは「張り手」や「かち上げ」を用いる場面を頭の中に描くとき、私の中に湧き上がってくる感覚によって、私自身が横綱の品格についての感性を間違いなく持ち合わせていることを実感させられます。

いま、伸び盛りの若い力士が横綱との対戦に際して、勝ちたい一心から立ち合いに変化（注文相撲）をした場合を想像して見ると、このケースではその若手力士が結果的に勝利したとしても、師匠や部屋の親方からは厳しく叱られると思います。こういうときに、親方に叱られたという話を耳にすれば、私は「さもありなん」と得心が行くに違いありません。

逆に、横綱が立ち合いに身を躱《かわ》して、若い力士を欺くようなことをした場合はどうなるのでしょうか。実際こうしたフェイントによって、勝ち星を拾ったときにしばしば土俵上で横綱が見せる首を傾げて苦笑いを浮かべるしぐさは、おそらく忸怩《じくじ》たる思いの表れではないでしょうか。こういう場合、相手を誑《たぶら》かすような注文相撲には観客席から非難の気持ちを込めたブーイングが浴びせられ、あるいは姑息な取り口に対して落胆した気持ちが込められた溜息が漏れるものです。さらに付け加えれば、若手力士は逃げた横綱に対して「勝負には負けたが、相撲では勝った」と云わんばかりの自信を不満顔に重ねて、堂々と花道を下がっていく。こうした瞬間をテレビカメラは逃さずに捉えることと思います。

## ②「張り手」と「かち上げ」

すでに数か月前になるが、授業中のiPadの使用を注意され、取り上げられた高校生が「逆ギレ」して、注意されたその教師の胸元を突いたり、腰のあたりを蹴上げたりした蛮行が報道されました。私はその異様な光景を映し出す動画を観たとき、これまで当然のことと思ってきた堅牢な既成道徳が、もろくも打ち砕かれ、何ともいえぬ不安感と同時に、大きく変化した時代感覚の認識を否応なしに強要されたような気がして不快感を覚えました。仮に、格下の力士による横綱への「張り手」や「かち上げ」を用いた立ち合いを目にすれば、このときの生徒の行為と重ね合わせてしまい、私の既存（時代遅れ）の道徳観念から著しく乖離し、礼を失した取り口であると映るに違いありません。

「注文相撲」さらに「張り手」や「かち上げ」に関して、こうした場面を直ちに思い描くことができるのは、これらの取り口が「禁じ手」として明示されているとか、いないとかという話ではなく、それ以前に、相手に対する非礼な相撲に当たらないか、あるいは番付に見合った品格のある相撲内容であるのか、疑問視されるべきであるとする感覚をすでに私が持ち合わせていることを如実に示すものです。それでは、反対に横綱が格下の力士に対して立ち合いに「張り手」や「かち上げ」を行った場合、若手力士に対する非礼とならないのでしょうか。

私たちは口に出さずとも、「ルールに則った綺麗な取り口」、「質の高い高度な技術」、「気持ちの良い、尊敬すべき土俵態度」の全てを備えた相撲を横綱に期待しています。そして、これらの期待に応えてもらえれば、相撲の「見事さ」または「美しさ」を感じるのです。

相撲の「美しさ」は必ず「礼儀」と「品格」の味わいを伴います。礼儀は相手を尊敬し、先人から伝えられてきた伝統あるいは決まりごとを遵守するという行為であることは周知のとおりです。相撲を取るにあたって誰もが守らなければならない「禁じ手」を犯す反則行為が非礼であることはいうまでもないのですが、同様に、横綱に求められる「命じ手」の不履行もまた礼を失した行為となることは論を待たないと思います。

「張り手」や「かち上げ」を用いた立ち合いは先達が努力して築き上げてきた横綱像（横綱の名）を汚すような取り口です。その意味で「張り手」や「かち上げ」は「禁じ手」として明文化こそされていないけれど、横綱に特別に命じられた不文律に従わない点で、やはり非礼といえるというのが多くの相撲ファンの率直な感想だと思います。
一般的に言えば、「品格」は見かけが優れていることであり、尊さや高潔さを漂わせているということです。品格もまた各人の自覚から出発し、努力して身につけるものです。ただ、品格の有無は、自分で決めることではなく、他者から見た印象であり、周りから評価されるというたぐいのものなのです。

伝統的な文化を多く含む相撲の美しさを求める場合、礼儀が品格より優先されることはいうまでもないと思います。たとえ横綱であろうとも、格下の相手を侮るような振る舞いはやはり非礼な行為と見なされるのです。番付が上位であるということをもってしても、その非礼を償うことはできないのではないでしょうか。むしろ、番付が上位であるほど、下位の力士を翻弄したり、愚弄したりするような取り口あるいは蛮行に及ぶ振る舞いがあれば、自らの品格の欠如を露呈させてしまうものです。

# 結　論

先般の横綱の品格を巡る議論を相撲の将来に向けて有意義なものにするためには、これまで述べてきたことを踏まえて、まずは次の(1)から(4)までのそれぞれの論点を整理しなければならないと思います。

(1)「横綱らしさ」を理想の横綱像に求めるのか、等身大の横綱像に求めるのか。

(2) 逸脱行為に対して、サンクションを与えるのか、シンパシーを寄せるのか。

(3) 横綱たる所以は、規則の遵守性なのか、信念への準拠性なのか。

(4) 相撲の将来を考えるときの基本的なスタンスが、伝統主義なのか、国際主義なのか。

私は、横綱の地位は力士を代表する立場であり、社会的なステータスでもあり、しかも横綱の取り口はその時代の相撲を表徴するものであることなどから、(1)については、高いレベルの理想の横綱像であると考えるのが自然だろうと思います。(2)については、理想の横綱像を前提とする限り、必然的に逸脱行為に対しては寛容な気持ちをいだく余裕はなく、また、横綱像といえば、横綱一般について想い描かれるものであるところから、シンパシーが寄せられることもないといえます。(3)についても、横綱に対しては規則を守るのは最低限の要求であり、それに加えて、社会的規範も含めた信念（常識）に従うことこそが最高位の横綱たる所以であると考えられます。最後に(4)については、「外を内に合わせさせる」国際化であれば基本的には伝統主義の枠内での改革や国際主義が要求されるべきと考えます。

そして、理想の横綱像という先入主によって具体的かつ個別的な特定の横綱を見誤ることのないように留意し、さらに、仮に「横綱らしさ」として等身大の横綱像を想定する場合でも、そこでの寛容な気持ちと特定の横綱に寄せるシンパシーを混同しないようにしなければいけません。さらにまた、特定の横綱の日頃の振る舞いをコンテクストにしてその品格を評価するときに陥る過度の反作用的な認識にも注意を払う必要があります。

そのうえで、横綱の品格について実効性ある議論をするためには、冒頭で問題提起したように、横綱像を問題にしているのか、現実の横綱の取り口を問題にしているのかという区別を明確に意識したいものです。前者の場合であれば、「張り手」や「かち上げ」を横綱一般に対する「禁じ手」とすべきか否かが議論の焦点となります。後者の場合であれば、特定の横綱に対して、それらを「封じ手」とすべきかどうかが争点となるはずです。両者を混同したまま、論争を続けていても、私には横綱の品格についての物議が納まるとは思えません。それどころか、具体的な顔の見える特定の横綱に対する「封じ手」の主張は私的なハラスメントにとどまらず、社会的な魔女狩りあるいは集団リンチになりかねないと危惧されます。

何よりも、ここで注意を喚起したいことは、目的・手段の連鎖における時間的前後関係なのです。目的・手段の連鎖では、先に価値判断を含んで目的が設定され、後にその目的実現のために、手段の選択がやはり価値判断を含んで為されます。目的の設定には主観が入り、また手段の選択にも恣意が伴うため、目的を定めるときの優先順位、あるいは目的と手段の連鎖の各段階での手段を選ぶときの選択順位は人によってそれぞれ異なるのが普通です。そのため、万人の一致した合意が得られることは困難であると思われます。

目的・手段の連鎖では、美しい相撲のためには、力士は品格を備える必要があり、品格を備えるためには、礼儀を尽くす必要があるというように考えをめぐらせます。そして、礼儀を尽くすためには「張り手」や「かち上げ」を禁じることが必要であるとするのです。しかしながら、このような目的・手段の連鎖を用いて相撲の「美しさ」を求めようとしても、実効性を伴うかどうか疑問が残ると思うのです。

例えば、相撲の「美しさ」がはじめに掲げられ、それを達成するための手段がその後に選択されていく論理の流れでは、必ずしも品格が手段として選ばれるとはかぎりません。ことによると、「演出された美」もしくは「意図して作られた美」などのような、本来、横綱の品格とは無縁であるはずの、ある意味では人為的（エンターテイメント的）な「美」が議論の過程で排除されないまま、文字通り、手段を選ばずに優先されてしまう恐れも無視できないからです。

同時に、品格を備えるために数ある選択肢の中から必ずしも礼儀が取り上げられるともかぎらないのです。そしてまた、礼儀が尽くされるために「張り手」や「かち上げ」を禁止しなければならない必然性もありません。

さらに、一部の主張に見られるように、美しい相撲のために「張り手」や「かち上げ」を新たに「禁じ手」に追加して横綱の品格の問題を解決しようとしても、おそらく、拳でなく、平手だからよいのか、あるいは素手でなく、サポータをまいた肘だからよいのかといったたぐいの、世間によく見られる「いたちごっこ（loop hole）」が始まることも十分予想されるところです。これらのことから、「美しい相撲」という目的達成のための手段として、「張り手」や「かち上げ」を禁じるという論理は相撲の美しさの実現にとって、本当に効果がある話の道筋かどうか疑わしいといわざるをえません。

これに対して、原因と結果の関係における時間的前後関係では、まず原因が先に用意され、その後に必然的な結果が認識されます。例えば、礼儀を尽くす力士には必ず品格が備わり、同時に立ち合いにおいて「張り手」や「かち上げ」が行われることもなくなります。そうなれば、必ず美しい相撲が生まれるはずだというように推論していくことになります。このような原因と結果の道筋でこの問題を解決していくことによって横綱の相撲の「美しさ」が生み出されるはずであると結論づけていくのです。こうした議論は、可能な限り価値判断を排除して、必然的に相撲の「美しさ」を語るもののように思われます。礼儀を弁《わきま》え、品格を備える人柄の力士であれば、必ず、「張り手」や「かち上げ」を自ら封じて、私たちが「お相撲さん」と呼んで親しむに足る力士になるように思えるからです。

また、礼儀や品格の涵養によって、（それを原因として）相撲の伝統を守りつつ、なおかつ私たちが求めるかたちの国際化を図ることも（結果として）可能となりましょう。ことばだけの相撲道、形だけの伝統、見かけだけの高潔さを身につけ、勝敗だけにこだわる力士が育つことも避けられます。時間的前後関係を逆にして考えるだけで、さまざまな改善が議論の過程での副産物としてなし遂げられるはずです。

礼儀を忘れた相撲や、品格の欠如した「横綱」が当たり前になれば、近い将来、白麻で編まれたチャンピオンベルトを腰に付けて、腕を曲げて力瘤《ちからこぶ》を膨らませ、強さを誇示するポーズの優勝力士の額（写真）が国技館に掲げられることになりはしまいかと心配になります。そしてまた、打撃技の強烈さだけが目立ち、後々、その時代を代表する横綱相撲として、子供たちの心に「張り手」や「かち上げ」の激しさだけが蘇《よみがえ》るというようなことになってしまわないかと心配にもなります。こうした不安が脳裡を過《よぎ》るとき、「外を内に合わせさせる」国際化が創り出す「どこか違う」礼儀や品格が心に浮かんでしまうのです。

一番大事なことは、礼儀や品格を備えるところから導き出される相撲の美しさは、力士一人ひとりの自覚（自律規準）が必須の条件であるということではないでしょうか。勝つことが強さの証明であるということをもちろん否定しませんが、横綱の強さを測る尺度の中には、必ず礼儀と品格も内包されているという自覚（自律規準）が必要だと思います。「横綱」は勝つためには何をしてもよいという立場にはなく、その「地位に対する責任感」として暗黙裡に礼儀と品格が命じられているのです。このことの自覚なしには、相撲の美しさの問題は解決しないといっても過言ではありません。

制裁を背景にして禁じられるからではなく、また権威を背景にして命じられるからでもなく、何よりも自覚（自律規準）によって礼儀を重んじ、品格を備えた横綱こそが、私たちが尊敬する横綱であり、いつまでもその強さが私たちの心に残り、歴史に名を刻む横綱となるはずです。「記録より記憶」ということばはすべてのスポーツにおいて言いうる名言だと思います。重ねていえば、美しい相撲は目的ではなく、日ごろの礼儀正しい生活態度や稽古によって鍛え上げられた品格のある力士によって自然に表現される土俵上の動きの中に結果的に見出されるものなのです。美しい相撲は「お相撲さん」としての自覚（自律規準）に基づく、相撲の極意の顕れなのだと思います。

# Ⅱ 「美しさ」へのこだわり

# こだわり

## (1) スポーツマンの習性《さが》

結果的には自分が掲げた目標を達成することができ、またその結果が人に褒められたとしても、自分のイメージ通りの筋書でことが運ばなかったときには、たいていスポーツマンは悔やむものです。

周りの人からは、「なぜ、不満なのか」と不思議がられ、「うまくいったのだからいいじゃないか」、「結果オーライなのだからよしとしなきゃ」と慰められる。しかし、自分ではイメージ通りでなかったことが許せないのです。たまたま予定通りの結果になっただけのことにどうしても満足できず、ついその気持ちを顔に出してしまう。最後は「ご不満でしょうが、素晴らしかった」と褒められることになります。このようなことは、スポーツをする多くの人には覚えがあることではないでしょうか。いや、スポーツにかぎらず習い事でも仕事でも同様の経験をしている人は数多くいるのではないかと思います。

## (2)　職人かたぎ

職人と呼ばれる人の気質もおおむねこういった完璧主義者のそれであると思います。私たちは職人の仕事ぶりに納得し、その出来栄えに満足しても、本人（職人）としては我慢がならないときがあるようです。私たちは「どこが違うのか」と思い、「そこまでこだわる必要があるのか」と理解できないのですが、それでも本人としては気持ちが治まらないのです。こうしたこだわりは職人と呼ばれる人に多く備わっている気質《きしつ》のような気がします。

## (3)　芸術家魂《たましい》

昔、北杜夫の書いたものか、彼がどこかで受けたインタビューに答えたときの記事だったのかはっきりと思い出せないのですが、北は文章の中のたった一言、それも助詞を「私が」とすべきか、「私は」とすべきかで、来る日も来る日も思い悩んだそうです。谷崎潤一郎についても同様の話を目にしたことがあります。谷崎には、すでに書き上げた小説であっても、さらに加筆修正するという癖があったらしいのです。脱稿し、公刊した後にも増刷のときに加筆修正するので、いつまでたっても小説が完成しないとのことです。私たちには、綺麗な文章なのにと思えても、本人はそれに満足しないらしい。谷崎のこの話もどこで読んだのか、正確に覚えていませんが、北杜夫の悩みも、谷崎潤一郎の癖も十分察しのつく話です。

さらに同じようなこだわりは他の分野の芸術家にもみられます。ある陶芸家が登り窯で作品を作るとき何日もほとんど夜を徹して窯焚きをし、数日後、焼き上がった陶器を窯出しして一つ一つ手に取って眺める。そのときに気に入らない出来ばえであれば、惜しげもなく叩き割るという画面をテレビで見ました。もったいない気がしましたが、本人としては後世に恥を残すまいという思いから粉々にしてしまうらしいのです。

これらのことから、私は芸術家に共通するこだわりを感じるのです。概して、芸術家魂とはそういうものなのであろうと推察します。

## (4) 芸人根性《こんじょう》

歌手の美空ひばりが、生死にかかわる病からの復活をアピールするため、東京ドームで行ったコンサートをテレビ中継で観た人は多いと思います。いわゆる「不死鳥コンサート」です。それまでも、彼女が歌の上手な、稀にみる才能を持つ歌手だということは承知していましたが、昭和のスターの多くが持ち合わせていた近寄りがたい雰囲気に圧倒され、私はあまり親しみが持てないでいました。だが、このコンサートを観て、この「歌姫」についての認識を新たにしたのです。

コンサートの中で、『みだれ髪』を唄ったときだったと思いますが、唄い終わった後、マイクを元の位置（マイクスタンド）に戻す際、わずかに小首をかしげる仕ぐさが見られたという解説者（だったと思うが）の指摘がありました。どうも本人には納得のいく出来ではなかったようです。私も含めて、ほとんどの人はそのことに気づかなかったのではないでしょうか。仮に気がついたとしても何処がどう気に入らなかったのか分からなかったと思います。

後日、再放送されたときその指摘された場面を注視すると、有るか無しか分からぬ程度ですが、ここかと思わせる、声がわずかに途切れたような場面がありました。このコンサートには、素人ばかりでなく多数のプロの歌手、作曲家、その他の音楽の専門家、業界関係者が観衆に交じっていたはずですから、本人としては、そういう人たちの目や耳を意識して、自ら納得できなかったのかも知れません。しかし大病後のコンサートであり、病み上がりの身で、肺活量が下がっていた（後に知ったのですが、）にもかかわらず、40曲近くをすべて唄いきるというのは、神業に近いことです。最善を尽くそうとする芸人根性というのはそういうものなのだとつくづく思い知らされたコンサートでした。

## (5) 生産者の気概《きがい》

先日のニュース番組で、ヨーロッパの有名なファッション・ブランドのメーカーが、自らのブランド価値を維持するために在庫製品を焼却処分にしたという話題が取り上げられました。長年にわたって築き上げてきたブランド価値を大事にするために惜しげもなく処分したとのことです。そういう焼却は果たして世の中にとって利益をもたらすことなのであろうか、資源の無駄遣いではないだろうかと、私は訝《いぶか》しくその報道を観ました。

ブランドは、買い手からみれば、物質的な価値というよりも、心理的な価値の占める割合が大きいと思います。そして、作る側からみると、やはり物質的な価値というよりは、創業者の精神に対する尊敬の表れなのです。この会社はその創業者精神に誇りを持ち、その誇りを長い時間をかけて受け継いできたのです。そこで、すでにそのブランド品を愛用している顧客の心理的な「持つことの誇り」を傷つけないようにしたいという配慮も加わって、短期的な損得を度外視してまでも処分に踏み切ったものと思われます。

そういえば、台風で、多数のリンゴが地上に落ちた映像を放映したニュースがありました。ほとんど、収穫直前であったため、そのまま出荷しても差し障りがないのではないかと私などは思ってしまいます。しかし農園の主は、これらをすべて廃棄するとのコメントを発していました。恐らく、気づかぬほどの小さな傷を見抜かれ、あるいは最高の味を出す収穫期に至らなかったことによる微妙な味の拙劣さについて敏感な人に指摘されることを嫌ってのことなのでしょう。一種の味のブランド価値を大切にしようという執念です。自分が扱った商品や製造に携わった製品、あるいは育てた農産物は、言い旧《ふる》されたことばではありますが、「わが子同然」なのです。他人から粗末に扱われたくないという自尊心に似た気持ちが、生産者の気概として私たちの目には映るのです。

## (6) 充実感

物質的に貧しい時代には、物を大切にすることは当然のことでした。また、財産を増やすことを、私たちの人生において最大の目標とする風潮が世の中に漂っていました。大きな家も、豪華で華美を誇る衣装も、そして贅沢な食事も、大げさで無駄な飾りも、すべてが成功の証だったと思います。学問の世界でも、そうした世の中の風潮に応えようと、蓄財や便利さに直接結びつく技術の研究や開発を競い合っていたように思います。

そんな時代には、信じられるものは目で見て確かめられるもの、あるいは触ってみて存在がわかるもの、そういうものが真実でした。むしろ、そうした真実にしか価値を見いだせなかったのです。私たちは、自分で経験し、実証できるものだけに納得したのです。この種の考え方、哲学が今日の物質的な充足感や便利さ（文明）という満足を私たちにもたらしてきたことは否定できません。しかし、物が溢れだすと、今度は精神的な充実感（文化）に私たちの関心は向くようになるのも自然の流れだと思います。

「断シャリ」という言葉が最近流行していますが、不必要な物は処分し、むしろ物を持たないことこそが、人生を（精神的に）充実させるということを含意する言葉です。一昔前には、「別荘と何某（いまどきの感覚に直せば〝クルーザー〟あるいは〝ヨット〟といったところであろうか）は持つまでは欲しいと思うが、いったん手に入れるとこんな厄介なものはない」といわれていたそうです。言い得て妙であると思います。とにかく物に恵まれすぎている今は精神的な充実感を求める時代になったのだと思います。

スポーツ選手の習性、職人かたぎ（気質）、芸術家魂、芸人根性、そして生産者の気概などは、物質的な実利を重んじる時代には、概して「精神論」であると揶揄され、半ば蔑《さげす》まれてきたこだわりです。しかし、今日では、それらの不遇な扱いを受けてきた「精神論」が再評価され始めている気がします。

しばしば、人は「飽食の時代」というが、私はこうした世の中の動きを、「ポスト物質文明」、「精神論の再認識」あるいは「形而上学の復権」と認識しています。

# 間主観性

## (1) 主観と客観

昔、「ヒッチコック劇場」というテレビ番組がありました。周知のように、アルフレッド・ヒッチコック（Alfred J. Hitchcock）は、米国（英国生まれ）の映画監督であり、「サスペンスの帝王」といわれたほどの人でした。当時はまだ天然色（カラー）ではなく白黒フィルム（モノクロ）の時代だったのですが、数多くの作品に彼自身がカメオ出演していたと記憶しています。あるときは通行人の中に混じり、あるときには群衆の中に入っていたりしていました。彼の風貌は独特であったので、目立たないように出演しているようでいて、かえって私たちの気を惹いものです。

彼の短編映画を毎回放映するこの番組の中で、題名は記憶していないのですが、極めて興味深い作品を最近私は思い出したのです。病院で、とても見にくい女性の顔を整形手術するというものです。彼女はそれまでに繰り返し手術を受けてきましたが、いずれも失敗に終わっている。そこで、最後のチャンスとばかりに、医師は大掛かりな手術を施したのです。

手術の結果を確認する場面で、看護師（女性）が幾重にも顔に巻かれた包帯を巻きとっていく。包帯をすべて巻きとったとたん、執刀した医師は「今回も失敗だ」と叫びに近い声を発してがっかりするのです。それからカメラはおもむろにその患者の顔を映し出します。

はじめて映し出された、彼女の顔は本当に美しいものでした。私には「失敗だ」と執刀医ががっかりした意味がにわかにはわかりませんでした。しかし、大きなマスクをしていたので、声だけしか聴けなかった医師や看護師の顔にカメラが切り変わったとき、この物語の趣旨がようやく理解でき、この映画の奥深さに気づかされたのです。

医師や看護師の顔は、それまでの彼らの声だけからは想像もできない、まさに宇宙人の顔でした。その当時はタコのような顔立ちの火星人が宇宙人のイメージを代表していましたが、その火星人のような顔でした。その反動からか、手術の失敗に悲しむ患者の美しさは、一段と際立ったのでした。この映画はそこで終わります、私たちそれぞれの主観的な感性であるはずの美の感覚までもが、それぞれの時代や社会が共有する審美眼に影響されるのだと教えられたストーリーでした。

## (2) 懐疑心

デカルト（Rene Descartes）は自分が見聞きしたものの存在をことごとく疑ったそうです。本当にそういうものがあるのだろうか、そのように見えているが、それは錯覚ではないかと疑ったといいます。ただ一つ、そのように疑っている自分だけは間違いなく存在していますす。だから、「われ思う故に、われあり」という有名な言葉を残して、そのことを言い表したといわれています。

私が緑色と思っている色を他の人も自分が見えている色と同じ色に見えているのであろうか。もしかしたら私が緑に見えている色は、他の人も「緑」と言ってくれてはいるが、他の人の目に見えている実際の色は、私の目の中では、「赤」と名付けている色なのかもしれない。それを、他の人は「緑」と名付けているだけなのかもしれない。実際に映っている色がどういう色なのか、疑り出したら本当にきりがありません。

しかし他の人の目には客観的にどのような色に映っているかはわかりませんが、私が緑色だと思っている色を他の人も「緑」だと言っていることは確かなので、どうやら私が「緑」と名づけている色は存在するようです。「緑」が本当はどのような色であるか、「神のみぞ知る」ことなのですが、多くの人が各々の視覚の中で、それぞれ私が見ている色と同じ対象を「緑」と名づけて見ていることは確かです。他人の目を刳《く》り貫《ぬ》いて私の片方の目に移し換えてみれば、同時に比べることができ、私と他の人が同じに見えている色を指示して「緑」といっているかどうか解決する問題ではあります。

こういう存在は哲学者の間では間主観的な存在というのだそうです。こうした間主観的な存在は、確かに神のみが知ることのできる「客観的な存在」であるとはいえません。とはいえ、自分一人が主観的に認識する存在でもありません。それぞれの人が、同一の対象を見て、「緑」と名づけて共通認識しているわけですから一人よがりの判断ではないのです。誰も自分の視覚と他人の視覚を交換することはできませんが、それでもなお、その色の存在自体は共通認識されているとしてもよさそうです。

## (3) 客観性と権威づけ

このことに関連して、私がまだ研究者として駆け出しのころ、先輩研究者との雑談の中で、論文の書き方についてその先輩が話されたことを思い出しました。先輩は、日本語で「我々は云々」という書き方をするのは、記載内容に客観性を持たせることによって、主張や言明を権威づけようとする心理が働くからであり、またある意味では責任を逃れる気持ちからでもあるという趣旨の話をされました。ただし、英語では一般的な主語として'We'を用いて、「存在」を記述するので翻訳の習慣からそうした表現を用いることはよくあるともいっておられました。

なぜ、「我々」と言う主語を用いることによって責任が逃れられ、あるいは自分の主張が権威づけられるのでしょうか。おそらく、草食動物が肉食動物に捉えられないように、大きな群れを組んで移動するときのように、あるいは鰯などの小魚がマグロなどの大きな魚の餌食《えじき》になるのを防ぐために、一つの塊になって泳ぎ、自分の身を守ろうとする行動をとるときのように、「赤信号、みんなで渡れば怖くない」という群集心理が論者に働くからであると考えられます。こうした身を守る術《すべ》と共通する何かが感じられることは確かです。

そういえば、私たちが子供の頃、親に何かをねだるとき、「みんなだって、そうしているよ」といい、「誰々ちゃんは買ってもらっている」というようなことをいって要求したものです。このような子供のおねだりは、自分のいっていることが自分一人のわがままではないことを証明し、「みんな」を援軍にして、自分の要求が否定され、拒否されることを予防していたようにも思えます。このように、私たちは幼少時に、「みんな」を巻き込んで、自分だけでないということを示すことによって、自らの正当性を主張して親を説得しようとしていたのではないでしょうか。

学術論文において、「我々」という主語の使用は、何が客観的な真実であるかは神のみが知りうることであっても、多くの人が同じ見方をし、共鳴していることをほのめかすことによって「間主観性（共通の認識）」を訴え、自分の主張が保証されているのだ、ということを言外に伝えたいとする意志の表れのようにも見えます。あるいは、個人的な主観や好みが、独りよがりのわがままではないかという不安を群集の中に投げ入れて薄める行為のようにも思えます。

少し難しい言葉に換えれば、「我々」という表現は、真とも偽とも言えない自信の持てない判断を間主観性によって「誰が判断しても同じ結果になる（検証可能性）」という意味での客観性をもたせ、その主張を真理に近づけようとする言い回しなのかもしれません。「社会的な同意の得られた」、あるいは「世界の趨勢に従い」、あるいは「社会通念上は」、ときには「それは常識であろう」という表現を用いて正当性を説得するのは、たいてい、こうした言葉によって本当か嘘かはっきりといえないことを真理であるかの如く強調しようとしているときです。統計数値の利用も、そしてまた「誤差の確率が五％以下なら、無視できる」とするときの判断も、結局は同じ心理の顕れなのではないでしょうか。

ヒッチコックの短編映画を思い出し、先輩の言われたことを思い返して、あらためて美的感覚などの感性までもが、私たちの生活の中に浸透している常識、慣習、伝統などを反映した時代感覚によって影響され、「神のみぞ知る」という絶対的真実ではなくても、いわば「みんなの同意」を支えにして、間主観的な相対的真実として客観視されるのだということに気づかされたのでした。

こうしてみると、ヒッチコック自身のカメオ出演もまた、群衆の中に身を置きつつ、あえて自分を目立たせ、そのうえで観衆が彼の考えに共感していることを暗示して、その客観性（検証可能性）を主張する芸術的表現だったようにも思えてきます。

# スポーツと芸術

## (1) スポーツにおける芸術性

私は長い間、ダンスや舞踊は美しさを鑑賞するための、あるいは自ら美しさを表現する芸能や芸術の世界であると決めつけていました。最近、昭和の終わりから平成のはじめにかけてのバブル経済の真っただ中に、ディスコ（discothéque）で若者がそろって踊ったダンスを彷彿とさせるところから「バブリィダンス」とも呼ばれるダンスをはじめとして、集団で踊るキレキレ・ダンスが盛んになってきています。こうしたダンスはチーム・スポーツと呼ぶのが相応しいくらいハードです。そういえば、すでにダンス（social dancing）部は、体育会（運動部）に属するクラブに分類されている大学が多いと聞いています。

ダンスがスポーツとして認識されるようになったのは、おそらく相手との優劣を競うという要素が加わってからのことだと思われます。確かに、ダンスは「美しさ」を目指す娯楽から出発し、それがやがて競技化して、競技参加者の間で順位を競うスポーツになったと考えられます。一対一で対戦する試合（match）形式によって勝敗を決するのではありませんが、多数の競技参加者との間で見た目の美しさ、あるいは高度の技術を必要とする身のこなし方が審査される競技会（contest）方式によって順位を争うスポーツです。

ダンスの他にも、「美しさ」を競うスポーツの代表といえるものには、アクロバティックな要素をもつ体操競技（新体操も含む）、氷上のバレエとも思えるフィギュア・スケート（figure skating）、どこかキレキレ・ダンスと通じるものを感じさせるシンクロナイズド・スイミング（synchronized swimming）などがあります。これらは日常生活に密着した実用的な運動や自ら楽しむ趣味が、観客を楽しませるダンスや曲芸などのように、エンターテイメント化し、やがてその「娯楽性」が「芸術性」という見かたに変換されて、その「芸術性」を採点ポイントとして競い合うスポーツに組み込まれていったものと思われます。あるいは、スポーツから芸術性が独立し、やがてエンターテイメント化していくという逆の流れもあるかも知れません。

## (2)「芸術性」の審査

ところで、各種スポーツの「芸術性」に共通して言えることは、勝敗を決定するときはすべて審査員の主観による判定あるいは採点がなされるということです。最近では、ビデオ判定など、科学的な方法を援用して、審査員の主観の入る余地をなくす工夫がなされるようになってきました。しかし、事実を確認する場面でこそ、そうした科学的方法による判定は有効ですが、「芸術性」を評価する場面では、科学的方法をもってしても審査員の主観を完全に取り除くことはできません。「芸術性」はいかに細かく採点ポイントを分けてみても、客観的な評価は不可能であるといってよく、判定に審査員の主観あるいは感性が入る余地が大きく残っています。

最低限、忘れてならないのは、スポーツにおいてはプレーそのものにかかわる身体能力や運動能力あるいは技術が比較されるのであり、芸術性が評価されるときの「美しさ」の表現能力とは本来馴染まないはずだということです。とはいえ、いまやスポーツも芸術もその範囲があいまいとなり、その結果、両者の間の境界線も不明瞭になってきていることは確かです。

## (3) 芸術としての「美」と技術としての「美」

自分の技量や力量と他者のそれらとの間で優劣を競うことを目的とするか、自らの技量や力量を高めることを目的とするか、人の目を楽しませることを目的とするかということがスポーツと趣味と娯楽（エンターテイメント）とを分ける境目だと思います。そして、スポーツであろうと、趣味であろうと、娯楽であろうと、「美しさ」を意図的に表現したり、「美しさ」に対して、共鳴したりするときに、私たちは「芸術性」を感じるのです。このように考えてみると、芸術というのはもともと「美しさ」を競うものではなく、それを表現し、共鳴を得ることであるといえそうです。

とはいえ、スポーツと芸術とではそこで求められる、あるいは認められる「美しさ」の内容が異なるように思われます。さまざまなスポーツにおいて用いられる「綺麗」とか、「美しい」ということばは日常用語のそれらと必ずしも一致するものではありません。スポーツにおいては、「綺麗」、「美しい」は「巧い（上手）」とほぼ同義に用いられることは多いのですが、よほど特殊な場合を除いて「強い」、「速い」などを「美しい」と言い換えることはありません。少なくとも日本語ではスポーツやゲームにおいては、極めて特殊なケースを除いて「強い」が「美しい」と表現されることはないと思われます。

ところで、私たち日本人にとって「美しさ」は、視覚に訴えて湧き上がる感性だけとはかぎりません。例えば、味覚を満足させる料理を口にしたとき私たちは思わず「おいしい」といい、これを「美味しい」と表記します。このことは、日本人が味覚においても「美しい」という感性を持ち合わせているということを物語っているのではないでしょうか。うま味、歯ごたえ、舌触り、あるいは喉越しの心地良さなどの感触を表現するときです。料理の盛り付け、飾り付けや器などの見た目の美しさだけではなく、味付けや食感が良ければ、「美（味）しい」のです。

このように「美しさ」は必ずしも視覚に依存する感性である必要はありません。それはそうなのですが、「美」について視覚に依存する割合が大きくなればなるほど、それにつれて、ますますスポーツは「美」という感性を競うのではなく、「美」を表現し、共鳴を得る芸術そのものになるのではないかと思われます。スポーツにおいても、見た目の美しさの重要性が高まるにつれて、プレーヤーは「芸術性」という名のもとに、コスチューム（衣装）にまで、気を配るようになり、審判員に向けて、極端にアピールする試技を繰り返すようになるのは自然の流れです。そうなれば、初めから審判員や観客の目を意識したエンターテイメント化した演技であるように映っても仕方ありません。少なくとも技術や力量を競うスポーツとしての域を脱していると思わざるをえません。

最近、「シンクロナイズド・スイミング」は技術よりも芸術性を競う競技であるという理由から、「アーティスティック・スイミング（artistic swimming）」と種目名を変えました。それとともに、「美」を競う競技であることを強調するため、選手は華美な衣装や髪型や化粧に気を配るようになったと一部でいわれています。しかしながら、'Art' には

「芸術」という意味のほかに「技術」という意味もあります。むしろ、もともとの意味（語源）が「技術」であるということは、案外忘れられがちです。

## (4)「美」と倫理

競うということがスポーツでは不可欠の要素であることは間違いのないところです。この場合、競う内容は、強さ、速さ、高さ、長さおよび巧さ（技術）です。元来スポーツでは競い合う対象に「美しさ」は含まれていなかったはずなのです。例えば、私たちは、絵画、彫刻、書などのさまざまな芸術作品の展覧会など、表現者の感性を評価するケース、あるいはビューティー・コンテストのような審査員だけの感性が問われるケースなど、審査される側であっても、審査する側であっても、感性を競うイベントは、スポーツの範疇には含めてきませんでした。また、バッティング・フォームやランニング・フォームなど、姿や形の美しさを野球や陸上競技では直接競うこともありません。

これらの事実は、スポーツにおいて「美しさ」が競技の主たる内容にはならないことを示しているといえるのではないでしょうか。スポーツにおいて姿や形は、あくまでも技あるいは技術の一要素に過ぎず、競技者も「美しさ」を目標に掲げて、それを直接目指して日々努力するわけではありません。

ところで、芸術においては、表現者のもつ感性にまで倫理的評価が下されることはめったにありません。それどころか、特に、現代アートにおいては既存の価値観に縛られないところに高い評価が与えられることさえあります。「美しさ」の表現力が問われる芸術においては「表現の自由」の名のもとに、既成概念や既存の価値観に縛られない、あるいはルールそのものが存在しないところでの「美」が追究され、高く評価される傾向が強いような気がします。

これに対して、スポーツでは、フェア・プレー（fair play）ということばがあることから想像できますように、ルールに従うことが美しさの要素の一つに必ず含まれていると思います。さらに、スポーツマンシップ（礼儀と品格）に則り、高度の技術あるいは技を状況に応じて瞬時に選択適用して勝利のパターンにはまったとき、私たちは巧いと思い、「美しい」と感じるのです。そのため、スポーツにおける「芸術性」は、実は視覚に訴える側面だけではなく、目に見えない競技者の礼儀と品格、あるいはその人のもつ倫理観も含めて無意識のうちに評価されているのではないでしょうか。

# 美しいプレー

## (1) ゴルフ

私が楽しんでいるゴルフにおいて美しいプレーとは、フェア・プレー（fair play）、ファイン・プレー（fine play）、ナイス・プレー（nice play）の三つの要素を備えた見事なプレー（beautiful play）にほかなりません。他のスポーツと同様、ゴルフにおいても“fair”は「ルールを守る」、または「公正な」を意味し、“fine”は「品質の優れた」、または「上手《うま》い」ということです。そして“nice”は「上品な」、または「立派な」という内容です。私たちゴルファーは、口に出さないけれども、「公正なスポーツマンシップ」、「高度のテクニック」、「立派なマナー」の全てを備えたプレーの最小公倍数として「美しさ」または「見事さ」をともなうゴルフを心に描いているのではないでしょうか。

プレーの「美しさ」を生み出す“fair”、“fine”、“nice”という三つの要素をさらに煮詰めると「礼儀」と「品格」の味わいを共通の因子として抽出することができそうです。礼儀は相手を敬う気持ちを出発点として、先人から伝えられてきた決まりごとを遵守するという行為であることは周知のとおりです。ラウンドするにあたって誰もが守らなければならないルールに違反する行為が礼を失した行為であることはいうまでもありませんが、同様に、所属クラブのメンバーが共有する価値観を内容とする不文律の不履行もまた礼を失した行為に当たることは論を待たないことです。特に、ゴルフのルールとしては明文化されていない、クラブ独自の伝統と格式を反映したマナーやエチケット違反も、やはり非礼となるというのが多くのゴルファーの率直な思いです。

これに対して、「品格」は見かけが優れていることであり、尊さや高潔さを漂わせているということです。品格は他者から見た印象であり、周りから評価されるというたぐいのものです。とはいえ、品格もまたは各人の自覚を出発点に、努力して身につけることが肝要です。品格は日常生活、あるいは大げさないい方をすれば生き方に関わるものであり、その延長線上でゴルファーそれぞれの人柄に昇華し、ラウンドする際のプレーの美しさとして私たちの目に映るようになります。

なお、プレーの美しさを求める場合、礼儀が品格より優先されることも銘記しなければなりません。たとえ格上の上級プレーヤーであろうとも、中級プレーヤーや初心者を侮《あなど》るような振る舞いはやはり非礼と見なされます。上級者ほど非礼な姿勢は品格の欠如を際立たせてしまうものです。

繰り返せば、美しいゴルフというのは、結局、公正なスポーツマンシップと高度のテクニックと立派なマナーを備えるよう、各人が日頃の練習の際に心掛けることによって生み出されるといえましょう。確かに、高度のテクニックは生来の身体能力などフィジカルな要件が必須ですが、公正なスポーツマンシップと立派なマナーについては日常生活に培われるところが大きい。また、他のスポーツと比べてゴルファーに高齢者が多いのは、スコアーに直接結びつく技術や体力ばかりでなく、スコアーに表しにくい礼儀や品格も含めて上手・下手の評価はなされることを如実に物語っています。だからこそ、古稀を迎えた私でも体力に衰えを感じつつ、礼儀や品格が漂うゴルフを目指して少しでも上手になりたいと頑張れるのかも知れません。

## (2)　囲　碁

同じく勝敗を競うゲームである囲碁でも、石の打ち方ないし手筋について「綺麗である」と解説されることがあります。これまでの囲碁の長い歴史の中での経験から無理のない気持ちのよい手筋（石の流れ）で打たれているというような場合にこの言葉が使われるようです。

しばしば、囲碁は対局者間の「対話である」といわれます。囲碁はお互いに自分の打った手に対してどのように応えられ、またその応えに対してどう応えていくかという応酬であるところから、このように比喩的に言われるのではないかと思われます。このとき、相手の打った手に対して過去の経験から、最善と思われる手が自然に打ち回されたとき「美しい」と表現されているような気がします。

あたかも架空の名人が、「私だったら次にこう打つ」と予想するような手を対局者が打ったときに、解説者の気持ちが満たされ、「美しさ」を感じるように見えます。そのような囲碁は勝敗よりも、後世に「棋譜を残す」といわれるような、手本となる打ち回しなのです。

最近、囲碁の世界でもＡＩ（人口知能）が採り入れられてきています。当初、ＡＩが打つ囲碁はどちらかというと、これまでの常識（定石）とは異なる意表を突く打ち方であると感じられることが多かったそうです。ＡＩの打ち方は、ときには、長い間培われてきた伝統的な打ち方を覆しても勝負にこだわる、どこか人間味の感じられない石の流れとなっているとの感想が初めのうちは洩らされていました。

もともと囲碁に応用されるＡＩは勝つことを第一目標にして開発された産物（ソフト）であるため、結果的に、勝負至上主義のもとで「強い」と評される打ち方が組み込まれているといえるのではないでしょうか。そのため、「美しい」とか「綺麗」ということばのレインジ（range）には収まらない戦いぶりであると感じられたのだと思います。強いて、ＡＩの囲碁に感じる美しさを表現すれば「無機質でシャープな機能美」ということにでもなるのではないかと思われます。当然のことながら、人情味あふれる温かみのある美しさではなさそうです。

相手の「ミスを咎《とが》める」という打ち方が人間を相手とする囲碁では巧さの一つに数えられますが、ＡＩが相手では、こちらのミスが突かれることはあっても、ＡＩのミスを咎めるということはまず考えられません。仮にそういうことができたとしても、それは打ち回しのミスというよりは、プログラム上のミスを突く場合です。

それにしても、後世に残る名局はＡＩを相手に生まれるものなのでしょうか。囲碁にかぎらず、広く人間社会一般において、私たちの感性は、いつの間にかＡＩモードに切り替わっているのではないかと思える節も最近では感じられます。

## (3)　スポーツのルール

囲碁なども含めてルールに則って、勝敗を決するゲームにおいては細かいルールはかえって不公平さを招くことになりかねないので、ルールは単純な方がよいとされています。

ルールに翻弄《ほんろう》されないためにも、数多くのルールを設けないということです。

実際、各種スポーツにおけるルールは可能な限り単純なものになっています。何を競うゲームなのかということ、つまりどのように勝敗を決定するのかということが主な内容です。最近は、スポーツ観戦が盛んになったためか、観客を意識して、ゲームが盛り上がることを目指したルール作りも見られるようになってきていますが、スポーツの場合、おおむね、プレーヤーの生命に係わるような危険なこと、あるいは大けがをして、選手のその後の人生に支障をきたすようなことになる行為を禁じ手とするルールが設けられているだけだったはずです。最低限これだけはしてはいけないという規則だけが定められていたのです。

ただ、それを補う意味で、競技者全般に対しては、スポーツマンシップに則り正々堂々と戦うことが要求されます。スポーツマンが遵守しなければならない決まり事や規則は、スポーツマンシップという競技者の自主的な判断によって補完され、担保されるのです。

例えば、ルールをうまく活用し、ときには抜け道を利用して勝利を得るというようなことがあれば、当該スポーツの本来の意味や成立基盤を見失ってしまいます。そこで競技固有のルールに加えてスポーツマンとして相応しくないエチケットやマナー違反等に対しては、私たちの日常生活におけるそれよりも厳しく戒められ、ときには審判の権限によって罰則が与えられることもあります。

私はスポーツマンシップという倫理を身につけた選手が、結局はスポーツマンとしての"beautiful"なプレーを印象づけ、礼儀正しく品格のあるさわやかさを醸し出すことができるのではないかと思っています。

（注）このエッセイの中の(1)の文章は、関西ゴルフ連盟月刊誌『KGU GOLFレポート』一五〇号（平成三〇年一〇月）に掲載され、その後、琵琶湖カントリークラブ『琵琶湖』九三号（二〇一九年一月）に転載された拙文を加筆修正したものです。

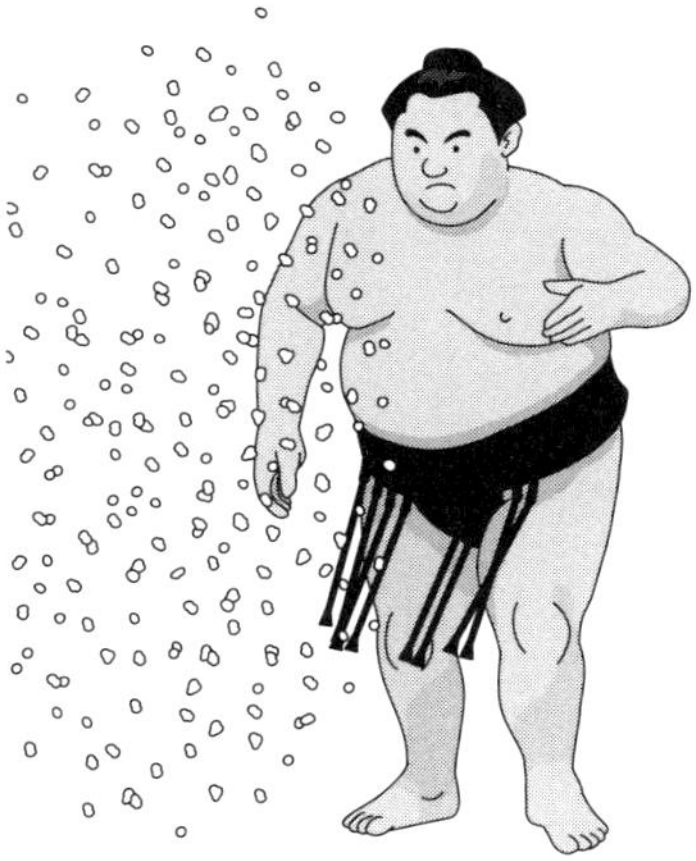

# 指導

## (1) 指導力

もう何十年も前のことになりますが、京都大学アメリカン・フットボール部の水野彌一監督の講演を聞く機会を得たことがありました。水野氏によれば、スポーツには三つの種類があるとのことです。一つは走る、飛ぶという天性の素質がものをいう競技です。いくら練習しても、あるいは鍛えてもどうにもならない部分が大きいスポーツです。もう一つはサッカーやテニスや卓球のような球技です。球技は練習次第で高度の技術が身につくという性格のスポーツであり、幼少時から親しむことによって、より巧みな技術を身につけることができます。したがって、いつから始めたかというスタート時点の早さが大きくものをいうというたぐいのスポーツです。三つ目は相撲やラグビーやアメリカン・フットボールのように体と体を接触させる競技です。体格や体力が勝敗に大きく影響するというたぐいのスポーツです。

こうしてみると大学に入学してから始めるスポーツとしては体力にものをいわせる格闘技やチーム・レスリングと呼ばれるラグビー、アメリカン・フットボールのような種類のスポーツが適しています。実際、京都大学のアメリカン・フットボール部では、ほとんどの選手は高校時代に経験がなく、大学に入学してからフットボールを始めたそうです。アメリカン・フットボールは持って生まれた才能や素質をそれほど必要とするスポーツではなく、また、幼少時からの経験を積んだボールさばきを求めるスポーツでもありません。体力にものをいわせて、ガンガン体当たりすることが強く要求されるスポーツです。だから、受験戦争を勝ち抜いてきた京都大学の選手によって構成されるチームでも全国制覇ができたのだと、多少冗談も交え、そしてまた謙遜の気持ちも込めて話しておられました。

水野監督の講演はこのような内容であったと記憶しています。話された内容も心に残るものでしたが、それより何より、自分よりもはるかに体格も優れ、体力も勝《まさ》る若者を束ねて、一つのチームとしてまとめ上げた、水野監督の指導力（言うことを聞かせる方法）の方に、今の私は強い関心が向くのです。

## (2)　優越感と劣等感

私たちアマチュア・ゴルファーは、特に初心者や中級者といわれるゴルファーは、各ホールをボギー（ホールごとに決められている標準打数を「パー」といい、それより一打多く打ってカップインした時の打数）でそのホールを終えれば「よかった」と思うものです。パーは運に恵まれたとき達成できるものと、はじめから覚悟を決めてプレーをしています。たまたまパーでそのホールを終えたときには、うれしさのあまり、ラウンドしている最中（現在進行中）であるにもかかわらず、次の日曜日にもまたゴルフをしようという気持ちになります。

ところが、一緒にラウンドしている他のプレーヤーが同じホールで、すぐに続けてパー・プレーよりも一打少ない（良い）バーディでカップインしたりすると、私のパー・プレーの喜びは途端に薄らいでしまいます。極端な場合にはその後のスコアにも影響し、一日のラウンドが終わってみれば、いつもより悪いトータル・スコアであったという経験もあります。

健康維持のために一人山登りをするというような気持ちでコースをラウンドするのであれば、あくまでもゴルフは自分との闘いです。そういう気持ちならば、相手の成績が良かろうと悪かろうと、常に冷静でいられそうです。

しかし、ゴルフにかぎらず、勝敗を競い合うスポーツでは、相手が失敗すれば自分は冷静になり、相手がうまくいっているときはあせってしまうのが常です。勝負においてはこう気持ちになるのは当然のことであり、むしろそうした優越感と劣等感の間の緊張関係を楽しむことこそがゲームだともいえるのではないでしょうか。スポーツというのはもともと勝利するために「自信」という優越感が不可欠なのですから。

当然といえば当然のことなのですが、互いに優劣を競い合っている相手から何かアドバイスを受けても、通常はそれを受け入れる気にはなれません。特に、自分の方が優位な立場にあると密かに感じている相手からの助言には素直になれないのが普通です。反対に素質、技術、体力において、比べるまでもなく、どう見ても自分の方が劣っていると感じている相手からのアドバイスは、他に特別の理由がないかぎり、比較的抵抗なく聞き入れることができます。

確かに、私たちには自分よりも知識や経験の豊富な人のアドバイスには、聞く耳を持つが、自分が優越感を懐いている人の助言は聞き流すという傾向が見られます。おそらく、水野監督の指導は、知識や経験を自分たちより豊富に持ち、その内容に「なるほど」と思える合理性が認められるからこそ、体力において勝る選手たちが監督のいうことを聞いたのではないかと想像するのです。

## (3) 「叱る」と「怒る」の境目

今日の時代感覚ではパワハラではないかと疑問符が打たれそうな鬼コーチや監督を、かつてはなぜ高く評価したのでしょうか。また、私たちは「鼠小僧次郎吉」をなぜ義賊（善人）と認識するのでしょうか。正・不正を分ける基準の移り変わりを、ひとくちに「時代感覚の変化」と決めつけてしまえばそれまででしょうが……。

よく言われることですが、「叱る」と「怒る」とは異なった概念です。表面的には厳しい言葉を発しても、自分の感情から発した言葉ではなく、教育的な意図をもったものであれば、それは決して「怒る」のではなく「叱る」なのです。このように、感情的か教育的かの違いを、指導の正しさを判別するときの第一のメルクマールと考えれば、親が子供にいうことを聞かせる際に、感情を抑えきれずに罵声を浴びせるのは「怒る」であり、その延長線上にあるものは虐待であり、正しくないと判定されます。反対に、教育的な見地から諭す場合には「叱る」であり、その延長線上にあるものはしつけであって、正しいということになりましょう。

私は、指導の正しさを判断するときのメルクマールが「怒る」か「叱る」かということの他にもう一つあるような気がしています。その第二のメルクマールは、指導者の動機が、自からの功名心によるものであるかどうかではないでしょうか。今日、何かと取り沙汰されている各種スポーツにおける指導者のパワハラを判定する場合にも、外観的には、そのことばが暴言と感じられたり、その行為が暴力に見えたりしても、その動機に自分の功名心を絡めたものと「選手本人のために」という意図から発したものとでは、結論が大きく異なるような気がします。

自分の利益に繋がることに動機づけられた言動は、それによって相手を傷つけることがあれば、ことばの暴力あるいは体罰と認定されるのではないでしょうか。例えば、指導者としての名声や利益をあてにしたものであれば、表面的には有益なアドバイスであっても、指導される側にとっては、自分は単なる手段にすぎず、指導者自身の功名を立てるために罵声が浴びせられ、体罰が加えられたと感じるだけです。この場合には、結果が良ければ許されるということにはなりません。これに対して、激しいことばであっても、あるいは厳しいトレーニングによって、身体的に苦痛を味わわされる場合（ただし、暴力はどんな場合でも認められない）であっても、教育的な目的であれば、指導であり、あくまでも叱咤激励であり、正しいとされるはずです。

このように、通常は、感情的か、教育的かという違い、いい換えれば「叱る」と「怒る」の区別と、指導者の私利私欲の有無、いい換えれば「私憤」と「義憤」の区別という二つの篩《ふるい》にかけて、「正しい」指導と「正しくない」指導とが峻別されるものと思われます。とはいえ、しつけと虐待とを区別し、あるいは叱咤激励と罵声とを見分けることは、いずれも指導者の内心の判定を不可欠としますので、俗に「悪魔の証明」といわれるほど大変むずかしいのです。結局は状況などを目安にして判定せざるをえません。当然ながら、指導をする側の内心を判断することには限界があります。そのため、指導の正しさの判定のためには、別の基準、つまり指導方法に視点をおいた判断も加える必要があります。

### (4) 指導方法

なだいなだ氏によれば、人に言うことを聞かせるためには、次の三つの背景のうちいずれかが必要であるとのことです(なだいなだ『権威と権力――いうことをきかせる原理・きく原理――』(岩波新書、一九七四年)。一つは権力であり、一つは権威だそうです。そして最後の一つは合理性です。

まず、権力を背景とする指導では従わない者に対して制裁を加えるということになります。私はこの場合の制裁としては経済的な制裁、物理的(身体的)な制裁、心理的な制裁があると思います。次に、権威による指導では、前述のように、私のゴルフの経験から優越感や劣等感が大きく影響すると考えられます。指導する側と指導を受ける側の立場が明確になっていて、当然、指導を受ける側が指導する側の能力や人柄等に疑問を持っていないということが前提になるわけです。さらに、合理性による指導は事実を示して説明し、そのうえで指導を受ける者を納得させて、意思決定させるというやり方です。この場合には、水野教授のアメリカン・フットボールのように、指導を受ける側を「なるほど」と納得させるほどの合理性が必須の条件となります。

いま、この分類に「怒る」と「叱る」を当てはめてみると、「怒る」は権力および権威を背景にした指導法（いうことを聞かせる原理）のカテゴリーにあり、「叱る」は合理性を背景にした指導法のカテゴリーにあるといえましょう。そして、これらの「制裁」と「知識、経験」および「合理性」は「怒る」と「叱る」を見分けるときの客観的な目安になりうるような気がします。

この客観的な分類基準によれば、少なくとも罵声か、激励か、そして虐待かしつけかの判定にあたって「悪魔の証明」を必要としません。そのため、正しい指導か、正しくない指導かという判定のために、指導する側と指導される側の思いに齟齬が生ずることもなく、「怒る」と「叱る」の区別が明確となると思うのです。

## (5) スポーツにおける合理性 ——戦術と戦略——

スポーツにおいても合理性に基づく指導が好ましいことはいうまでもありません。ただし、スポーツにおいて合理性に基づく指導を考えるとき、「合理性」の意味を履き違えないように気をつけなければなりません。とりわけ戦術と戦略との混同が、近年しばしば見受けられるのは極めて残念なことと感じている人は多いと思います。

確かに、スポーツは勝敗を決するというゲーム性を有するものです。そして、水野監督の講演から学んだように、素質に恵まれているか、技術的に優れているか、強い体力を備えているかという違いが各種スポーツの性格に応じて勝敗に大きく影響します。近代スポーツでは、それらに加えて、戦術と呼ばれる頭脳プレーも勝敗を決するときには重要であるといえます。とりわけチーム・プレーでは相手チームの分析を緻密に行い、連携プレーやフォーメーション・プレーを組み立てるなど、戦術を練ることによって勝利をものにする可能性は大きいような気がします。とはいっても、スポーツにおける戦術はあくまでも試合運びに関する作戦にかぎられ、ゲームにおいて対戦相手に勝利するためのプレーに直接結びつく工夫でなくてはならないはずです。

当然のことながら、決勝トーナメントの組み合わせを考慮して、予選リーグで、故意に負けるなどの策はスポーツとしての戦術とはいえず、フェアー・プレーとは程遠い、次元の異なるはかりごとです。監督の指令や判断がその種の戦略的なものであれば、それは頭脳プレーというよりも、功名心に走る監督の自己顕示の具に選手や相手チームを利用するたくらみと見なされてしまいます。

ことばを選ばずにいえば、こうした戦略は、目的のためには手段を選ばない、「勝利や名声のためには何でもあり」の行き過ぎた勝負至上主義による浅はかな料簡です。スポーツに求められるさわやかさが微塵も感じられず、正しい指導や戦いぶりとは程遠い姑息な手段であるといわれてもしかたがないと思います。

# Ⅲ

# 強者と弱者

# 正義心

## (1) 正義のいろいろ

正義心にはいろいろな側面があります。一つは、弱者を助け、強者をくじき、両者の間の力関係を直したいとする「義侠心」です。もう一つは、理不尽なことを糾したいとする「糾正心」であり、三つ目は不公平な状況を改めたいとする「是正心」です。

これらの正義心には共通する要素がいくつかあるように思います。第一は、少しでも良くしようという改善指向です。第二は、いずれも、自己の利益のためというよりは、他者あるいは社会のために湧き上がる憤りです。共通点の第三は、一途さが際立つという点です。

以上の共通点を持つ結果、いずれの正義心も、ともすれば独りよがりという印象を与えかねません。また、概して正義心は利己心との葛藤を伴うことが多いのではないでしょうか。そのため正義派には、えてして、はじめは自己満足という悦びが高揚しますが、やがてその反動として現実と理想の間の越えがたい苦しみ、無力感を味わい、最後はある種の敗北感を伴って高まった気持ちを鎮静するという傾向が見られるような気がします。ちなみに、志賀直哉は『正義派』という味わい深い短編を著していますが、その中で、以上のような正義心の特徴をみごとに浮き彫りにしています。

通常は不公平なことは理不尽さを伴いますし（是正心と糾正心の一致）、また、例えば強者と弱者との間で私たちが湧き上がらせる義気には両者の間の力関係の不釣合を整えようとする感情が含まれています（義侠心と是正心の一致）ので、三つの正義心の間に矛盾が生じることはありません。そこで、私たちは、これら三つの正義心を一つにまとめて、「正義感」と呼んでいるのではないかと思います。しかし、まれに、不公平が理不尽を伴わず（是正心と糾正心の不一致）、あるいは公平性が必ずしも弱者保護と結びつかない場合（義侠心と是正心の不一致）も生じます。

## (2) 義侠心

私は子供のころ、よく母に連れられて映画館でアメリカの西部劇（当時は「ウエスタン」あるいは「カウボーイ」と言っていた）を観ました。アメリカの西部劇には、その筋書に一つのパターンがみられます。正義の人は長い間狼藉や理不尽さに我慢を重ねてきたが、遂に耐えきれずに反抗する。その反抗に力を貸して鉄拳をふるう正義の味方が英雄となるというものです。

善良な開拓民や農民がならず者の濫妨に悩まされ、泣き寝入りしていましたが、ある日、正義の味方（多くの場合は正義心あふれる保安官）が現われ、無法者を撃退する。無法者は、法に触れるような狼藉を働く悪漢です。略奪など、その好き勝手な振る舞いに苦しめられている開拓民ら（弱者）の様子が観る人の義侠心を煽り、それが臨界点に達したころに、正義の味方が悪漢をやっつけてくれるという痛快な筋書きですので、観客は「ヤッホー！（Hello!）」とばかり溜飲をさげ、正義の味方をまさに英雄として歓迎するのです。この時、私たちは弱者が強者を懲らしめ、両者の間の力関係が逆転するのを見て、高まっていた義憤を鎮めるのです。

はじめのうち、私たちは虐げられている弱者に同情し、やがて同情は悪漢である強者に対する義侠心に変わり、そして正義の味方を待ち望むわけです。こうした「悪」に対峙する弱者は正義であり、米国映画の場合は「人間のプライド」を大事にし、「神」のような絶対的な価値を背負い、そして「法」を遵守する人なのです。

## (3) 糾正心

少し大きくなってからは、私はテレビで、日本の時代劇（当時は「チャンバラ」といっていた）を観るようになりました。日本の時代劇にも、西部劇と同様のパターンが見られます。

悪徳代官が私腹を肥やすために、善良な農民から過酷な税（年貢）を取り立てます。理不尽な要求に農民の苦しみは最高潮に達し、見る人は糾正心を忍耐の鞘から抜こうとします。そんなときに「水戸黄門」のような正義の味方が現われ、悪徳代官を懲らしめるのです。そして西部劇のときと同様に、観る人は心の中で、「いよっ、黄門様！」という掛声とともになかば抜きかかった糾正心を宥《なだ》めて元の鞘に戻します。「大岡越前」、「遠山の金さん」も「七人の侍」、「鞍馬天狗」もほとんど同じパターンでした。

悪徳代官は邪な権力者であり、理不尽な強者であり、「ご無体」な要求をする人です。そのことによって、やはり強者はただ強いというだけで、「悪」であり、「邪」であるという先入主が植え付けられ、私たちの糾正心を奮い立たせるのでした。そして弱者は「善」であり、「正」であるという観念が固定化されます。日本映画の場合、「邪」に対峙する正義は、「人としての自尊心あるいは品性」を備え、「天」ないし「お上」に忠義を尽くし、「ご法度」を死守する人（たち）なのです。

もっとも、私たちは、これらの時代劇を観る以前に「桃太郎」のような昔ばなしによって、この種の正義感をすでに身につけてはいましたが……。

## (4) 是正心

正義を社会規範としての倫理と位置づけるときには、三つの正義心のうち、衡平法（エクイティ）の流れを酌んで不公平を正す「是正心」が重要となりましょう。不公平は通常は分配について起こるものですが、必ずしもそれだけにかぎられるものではありません。例えば、スポーツのルールは競い合う相手と条件を同じくして適用するのが決まりです。ただ、よくいわれるように、公平を目指す規則には、結果（ゴール）が等しくなることを狙ったルールと、機会（スタート）を平等にしようとするルールの二種類が認められます。

競馬の騎手の斤量に差をつけるハンデキャップ等は、最終的なゴールにおいて横一線に並ぶような「公平」を狙った工夫です。これは老若男女、上級者・中級者・初心者のすべてが平等に「勝」を目指して競えるような「結果の公平」を予定したものです。同様に、ゴルフのハンデキャップも、この種の「公平」を目指しているといえます。こうした操作に対して、仮に不満を抱く人がいるとすれば、それは義務付けられた負担条件が重すぎると感じたときの優位な立場にある人たちだろうと思います。

これに対して、「機会の平等」は入り口のところでの「平等」であり、誰にも分け隔てなくチャンスが与えられるという状況を意味しています。この種の「平等」は第三者的にみて理不尽な差別がなされていると思われるときに強く求められるものです。こうした施策に不満が抱かれるとすれば、それは、概ね劣位にある人々のそれです。その多くは不利な立場にあることを理由に、特別な扱い（権利）が施されるのですが、それが不足であると感じるときです。

## (5)　体重別階級制

ところで、柔道やアマチュア・レスリング、あるいはボクシングでは体重別階級制がとられており、体重ごとにクラスを分けて戦います。これに対して、相撲や剣道などは体重差に関係なく対戦します。だからといって、相撲や剣道が特殊な競技であるというわけではありません。スポーツには、誰もが同じ条件（無差別）のもとで競い合うという平等の精神が基本的には存在しているので、体重別というルールの方がむしろ稀なのです。

正確にいうと、体重別階級制は「機会の平等」と「結果の公平」を合わせた独自の考えに基づくハンデキャップ制の一種であるといえます。格闘技においては、体格の優れたものが体格の劣るものに勝利する可能性は高い。そこで、勝敗（結果）を公平にするために条件を整える必要がありますが、体重はたまたま、勝敗に関して有利不利に作用するものであるとはいえ、その種目に固有の技量や力量に直接結びつく要素ではありません。さらに、体重に関しては、直ちに増やしたり、減らしたりできないので、試合ごとにプレーヤーの負担条件を調整する有効な手立てにはなりにくいのです。

そこで初めから体重別にすることにより、まずはその種目に固有の技量や力量とは結びつかないけれども、勝敗には大きく影響する体重差をなくして、同じ体格の者同士が競えるようにします。そうすることによって、純粋に技量等による競い合いが期待され、「結果を公平」(結果を純粋)にするのです。つまり常に体格の優れたものが勝つ可能性が高い競技において、誰にも勝利する可能性を持たせようとするわけです。

それと同時に、(競馬の騎手に負わせる斤量とは逆のかたちですが)体格の劣るもの(劣位の者)に体重を足して支援したいところです。しかし、そうすることはできません。だからといって、体格の優れたもの(優位な者)から体重を削るという負担条件を課すこともできません。なので、クラス別にして限定された範囲内ではありますが、それぞれのクラスにおいて「機会の平等」を計るわけです。こうして「機会の平等」と「結果の公平」の二つを合わせて不平等を是正することができるという考えが体重別という工夫なのだと思います。

## (6)　正義の味方である強者

体重別階級制を取らない相撲の取り組みでは、大型力士は強者であり、そして小兵力士は弱者であるという先入観がすでに私たちの心の中に潜んでいます。強者は悪者、弱者は正義という固定観念から、強ければ強いほど、放っておけば、強者は悪者のイメージをお仕着せられ、私たちの義侠心や糾正心や是正心を刺激する立場に立たされやすいのです。そのため、小兵力士の勝利は、子供の頃から植え付けられてきた、強者と弱者の間に湧き上がる義侠心を宥《なだ》めるとともに、体重の劣るものと大型力士が戦うある種の理不尽さに対する糾正心も慰められます。そして大方の予想に反して小兵力士が勝利を収めると、不平等をはねのけたと感じ入り、是正心も癒されることになります。

外観から抱かれがちな悪人のイメージを払拭するには、自らの立ち位置が常に正義の味方と見られるように、いっそう気を配らなければならないことは確かです。乱暴者であった大男で、かつ強い弁慶が、五条大橋で華奢な牛若丸に懲らしめられた後、後世にまで敬愛される弁慶になったという数々の伝説は、強者にとって、自分の置かれている立場を十分に自覚するためのよい教訓となるような気がします。かくして、観る人のいわれない正義心を煽ることのないようにする工夫として体重別階級制は有効であるということはいえそうです。

反面、小兵力士が大型力士を負かしたときの観客のあの盛り上がりは、確かに、西部劇の中で留飲を下げたときの観客の「ヤッホー!」、あるいは日本映画の中で満足したときの「いよ!」と似たところがあるような気がしますが、その中に、判官びいきが満たされたことによる歓喜も聞き分けることができるのではないでしょうか。体重別階級制では、私たちの好む弱者に対する判官びいきという純粋な同情心は外観から生じることがありません。その点では、私たちの嗜好を満たすことができず、物足りなさは残ります。

# 弱者保護

## (1) 優位と劣位のバランス

英語のバランス（balance）には二つの意味が含まれています。一つは「均衡」であり、もう一つは「残高」です。これらはそれぞれ足し算の文化と引き算の文化に関係しているように私には思われます。

誰でも知っているように、天秤は少ない方に重りを足していき、やがて左右が平均すると、そのときまでに加えたおもりの重さで差分を測る装置です。天秤に慣れ親しんでいる文化の下では、買い物をして代金を支払ったときのお釣り（差額）も、代金から出発して、とりあえず預かった金額まで金銭を足していき、そこまで加えた金額をもって認識します。

例えば、六〇円の買物をした客から、代金の支払として一〇〇円を預かれば、私たちは、ほとんど無意識のうちに引き算（100－60＝40）をして四〇円のお釣りを計算します。これに対して天秤に親しんでいる足し算の文化の人たちは、代金の六〇円から出発して、七〇、八〇、九〇、一〇〇というように一〇円づつ加えていき、ちょうど預かった金額一〇〇円になるまで足し算（60＋40＝100）をしてお釣りとします。引き算は間違いを犯しやすいので、可能な限り避けたいという意識からこうした天秤が工夫されたともいわれています。

見方を変えれば、引き算は残高を求め、結局、多い方を少ない方に等しくさせるためにはどれだけ引き下げなければならないかという計算です。足し算は均衡を求めて、少ない方を多い方と等しくさせるためにはどれだけ引き上げなければならないかという計算をしているように私には思えます。

## (2) 均衡を求めるバランス感覚

「硬い」と「軟らかい」、「頑丈」と「華奢」の間のように、何らかの差が見られればその差を埋めることにより均衡させなければならない場面が多々あります。「硬い」と「軟らかい」は、「軟らかい」方に補強を施し、そして「頑丈」と「華奢」の間では、「華奢」の方に支えを添えるというように、均衡させるための工夫がなされるときです。

優位な立場にある者と劣位の立場の者との差を埋め合わせて、両者を対等にして均衡状態を実現させたいとするバランス（均衡）感覚が生じることもあります。優劣の関係が「勝ち」と「負け」の場合には敗者を復活させ、「上手」と「下手」のケースでは「下手」な方に特典を与えます。これらは一種のバランス感覚から考え出される措置であると思います。

さらに、バランス感覚は一つの倫理として私たちの行動に働きかけることもあります。例えば、バランス感覚が、「弱者保護」という考えを生み出す場合です。強者と弱者の間の均衡を実現するために弱者を保護するという施策は、基本的には、強者の有利な部分を削るのではなく、弱者の不利な部分を埋め合わせて（支えたり、補強したりして）強者と対等になるよう図るのが正義であるとする考えに基づくものだと思います。換言すれば、強者に義務（負担条件）を負わせて弱者と均衡させるのではなく、弱者に権利（特典）を与えて、強者と弱者の格差を埋めるのが公正であるというバランス感覚を出発点にしているわけです。

## (3)　勝者は強者、敗者は弱者

私たちは誰が保護されるべき弱者なのかということを見定めるときの目安として、しばしば強者には「勝者」、弱者には「敗者」を当てはめます。ところが、「勝者」は強者、「敗者」は弱者と決めつけると、別の話に進んでしまうこともままあるのです。

最近、人生において高いステータスを得て、経済的あるいは物質的な豊かさを手に入れた人たちを「勝ち組」といい、その反対の人生を送っている人たちを「負け組」と称して二つのクラスに分ける傾向が見られますが、これは人生を一つの成功ゲーム（rat race）に喩えて「勝者」と「敗者」を区別するものです。

経済的あるいは物理的に裕福であるか否かによって「勝ち組」としたり、「負け組」としたりするのは、人生をジャンケンや椅子取りゲームのような結果だけで「勝ち組」と「負け組」を分けるようなものだと思います。あるいは市販されているゲーム・ソフトの感覚をもって、一人ひとりの人生を評価するのに等しい行為だと私は思っています。

さらに言えば、ゲームに参加していないものを何の断りもなく、プレーヤーに見立てて勝敗を判定することは、実は判定者自身の人生観あるいは価値観を映し出す振る舞いなのではないでしょうか。しかも、私たちのバランス感覚では、「勝ち組」と「負け組」に分けた後、「負け組」に対していたわりの気持ちが沸き上がってしかるべきだと思いますが、むしろ、競い合った間柄ではない者同士をほとんど興味本位に比較し「負け組」に対して叱咤激励を装って叱責するかのごとく扱っているケースがたびたび見受けられるのは気になるところです。

## (4)「名もなく貧しく美しく」

このようなことを感じるとき、一九六一年に公開された、松山善三脚本・監督、高嶺秀子、小林桂樹主演の「名もなく貧しく美しく」という映画が私の頭に浮かぶのです。この題名が、かなりの人々の心に訴えたことも然《さ》ることながら、映画の内容にも深く考えさせられるものがありました。このときの「美しく」という言葉の意味は高価なもので着飾ったというような、いわば見た目の美しさではなく、心の美しさであることは題名の文脈から容易に想像されましょう。

今日の機械文明や医療技術の発達を見れば科学万能主義が物質的な充足感、満足感、そしてまた便利さを私たちにもたらしてきたことは明らかです。功利主義的物質文明の下では、「正邪」、「善悪」などの価値はとりあえず度外視されてきました。そのため、清く正しい生き方であっても、物質的に貧しければ、それだけをもって、「勝ち組」ではなく、「負け組」に分類されてしまいます。しかしながら、私には「名もなく貧しく美しく」は、功名を求めず、利を欲せず、それでも清らかさや正しさを貫くことは物質的な豊かさに勝るという倫理的価値を表現しているように思えてしかたがありません。

実利を求める傾向の財界、実践を重視する傾向の政界、あるいは実証主義に基づいて実学を尊ぶ傾向の学界では、「美醜」といった美意識や感性、あるいは「正邪」という正義感などの精神的な充実感を、「青年のごとき嗜好である」と一笑に付し、あるいは非科学的であるとして取り合うことがありません。しかし、この映画は、こうした精神的な清らかさ、正しさを表徴する「美しさ」を、むしろ成熟した大人の目線で財界や政界などの実世界に訴えかけ、学界に対して深く考える必要性を提起するものであったと思えるのです。

人の生き方に対して「私が勝てば誰かが負ける」というゲーム性を当てはめることは、ときには現実を比喩的にわかりやすく説明することができるかもしれません。しかし、ゲーム性（勝負至上主義）を強調するあまり、勝つことは「善」であるという短絡的な善悪判断を無意識のうちに忍ばせてしまうリスクも伴うのです。

私たちの人生は単一の価値尺度をもってすべてを判定できるゲームではありません。人生を強いてゲームになぞらえるのであれば、それは経済的、物質的そして精神的なさまざまな判定基準から成り立っている総合的なゲームでなければなりません。人生の判定には、これらのすべての側面において、実態を考慮して、誰かの犠牲や負担を強いることなく、足らない点においておもりを加えるべき「弱者」を見定める公正さが必要です。経済的に不足するところのある人たちには最低限の豊かさを保障し、物質的に不足する人たちには必要な物品や便利さを援助し、精神的に不足する人たちには、私たちにとって不可欠な心の充実感（例えば、生きがい）を支援するというおもりです。

# 固定観念

## (1) ジャンケンの勝者と敗者

私たち夫婦は、長女と次女、そして長男の３人の子供を授かりました。今ではみんな独立してそれぞれの人生を歩んでいますが、彼女（彼）らが子供のころ、兄弟（姉妹）間で対立（ケンカ）が生じたときには、年長の姉たちの方を私は何かにつけ「お姉ちゃんなんだから、我慢しなさい」と諭していた記憶があります。姉（たち）の方はそのことに合点が行かなかったようですが、腑に落ちないながらも受け入れてくれていました。

今にして思えば、私は、「年長者」すなわち「分別のある者」という固定観念をもって、姉たちに我慢を強いていたのだと思います。「お姉ちゃん」という観念がそうさせたのだと思います。そして弱い立場（年少者）と強い立場（年長者）との間の緊張関係を治めるために、私は、年長者に「我慢」という義務を負わせたのです。最年長の姉には、特に強く我慢させていたような気がします。その長女も、今では、２人の孫娘の母親です。現在、二人の孫娘は大学入試に向けて、その準備に真剣に取り組んでいます。母親もまるで自分が受験するかのように奮闘しています。

確か、孫娘のうち姉が小学校の低学年、妹が幼稚園に通っていたころだったと記憶していますが、私たち夫婦と母親である長女と孫娘二人の五人で、孫娘二人へのクリスマス・プレゼントを買いに京都駅に隣接したデパートのおもちゃ売り場に行ったときのことです。金額は覚えておりませんが、私たち夫婦が提示した予算内であれば好きな物を買ってもよいという約束を孫たちとしました。

二人の欲しいものは、その当時、女の子に人気の高かったシルバニアン・ファミリー・シリーズのうちのそれぞれ別のシリーズでした。しかし、二つのシリーズを買うのでは予算オーバーとなってしまいます。そこで、ジャンケンをして勝った方の欲しいシリーズを買うことにしたようです。ジャンケンの結果、姉の方が負けました。普段はむやみに欲しがったり、わがままを言ったりしない姉が、このときはよほどそれが欲しかったとみえて、何も言わず賢明に振る舞いながらも、ボロボロ涙をこぼしていました。母親は「お姉ちゃんなんだから、我慢しなさい」と、そばで宥《なだ》めています。

約束した予算を超えることは、母親のしつけに背くことになりますが、さすがにたまらず、私たち夫婦は二つのシリーズを姉妹にプレゼントすることにしました。このときは、ジャンケンの勝者に「我慢」という義務を負わせるのではなく、負けた姉の方にも同じ喜びを与える方法で、両者の満足をバランスさせたのでした。

## (2) 観念としての弱者と現実の弱者

ところで、私たちが強者と弱者を判定する際に、事実としての「強者と弱者の関係」を対象としているときと、観念としての「強者と弱者の関係」を想定しているときがあるように思います。かつて私が年長の姉（たち）を「お姉ちゃん」として扱ったように、たいていの人は観念としての強者・弱者を固定化しいるのではないでしょうか。例えば、従業員は弱者であり、また女性は弱者であると決め込んでいるのではないでしょうか。さらに、下請会社と元請会社の関係では下請会社は弱者であると思い込んでいるのではないでしょうか。

強弱は、本来、個別的に実際の関係をみて判定しなければならないはずであるにもかかわらず、経営者、男性、元請会社等を相対的に強者と見なして一般化しているように思われます。こうした固定観念に基づいて、通常、従業員や女性、そして下請会社を弱者保護の対象とするのです。

## (3) 観念上の強者と悪者、観念上の弱者と善人

一般論として男女間において強者と弱者との差を認めるのは、フィジカル面での特性の違いからです。男性と女性とでは、走る、跳ぶ、投げるなど身体能力、運動能力に違いがあり、それをもって両者を強者と弱者に分ける基準にしていることは否めません。

身体能力、運動能力の優劣によって、各種の競技において対等の条件のもとで競えば、男性の方が勝者となることは、十分に予想できます。このことから、勝者は強者であり、敗者が弱者であるというように決めつけられ、この差を埋めるためには、女性保護（弱者保護）の施策が必要であると唱えられるようです。

身体能力、運動能力の優位者が勝者、劣位者が敗者というように予想され、予想される勝者がすなわち強者に、そして予想される敗者がすなわち弱者に結びつけられて、短絡的に男性は強者、女性は弱者に振り分けられる結果、子供のころよく見た西部劇などによって心に植え付けられた強者は悪者、弱者は正義という筋書きがよみがえり、強者である男性は、男女間で対立が生じたときには、強者であるという理由によって正義に反しているように見られてしまう傾向を生むような気がします。そして女性は弱者であるということから、同情心を出発点にした義侠心と結びついて、その保護は、ほぼ自動的に正義の実現とみなされることが多いように思います。

ちなみに、「悪女」ということばはありますが、「悪男」ということばがあまり使われないのは、多くの事件において、加害者として報道されるのは男性が圧倒的に多いからだと思われます。そうした頻度の違いも加わって、男女間の争いでは、男は悪人であり、加害者であるというバイアス（bias）がかかった見方がなされ、そのため、わざわざ「悪」を付けるまでもなく、男性の方が悪人であるという先入観から、被害者である女性（善人）を保護しなければならないという構図が私たちの心の中ですでに出来上がってしまっているのかもしれません。

## （4）「弱い立場」の強者と「強い立場」の弱者

しかしながら、男性と女性の間にかぎらず、経営者と従業員、あるいは元請会社と下請会社の間でも、私の感覚では、弱者の立場を利用した強者が時折出現しているように思えます。均衡を目的とする弱者保護の精神が、「概して強者は理不尽である」とする固定観念に縛られて、しばしば「弱者」を必要以上に保護する過剰な保護施策を誘引してしまっている場合です。その結果、さまざまな「弱い立場の強者」、あるいは「強い立場の弱者」を生じさせ、結果として、保護すべき対象が「弱い立場の強者」であるというように、実態としては強・弱を逆転させた施策が実行されている例も見受けられます。

こうして、弱者保護をあらためて考え直してみると、固定観念がいかに大きく影響しているかに気がつくのです。実は、弱者は常に被害者であり、強者は加害者であるということは、幼少時に読んで聞かされてきた「桃太郎」などが、大人になってからの観念上の強者および弱者を固定化し、弱い者いじめを懲らしめる義侠心、理不尽を非難する糾正心、不公正を正す是正心を刺激して「正義感」を形成させる源泉になっていると思われるのです。私たちは、個別案件を一般論（固定観念）によって対処するときに、多くの現実離れした解決策を誘導し、「義侠心」としての正義心と、「糾正心」および「是正心」という正義心が現実から浮き上がってしまっているケースをよく見かけるのです。

ジャンケンで負けた姉のように観念的には強者であり、分別のある立場であっても、実際には「敗者」（すなわち「弱者」）となる場合もあり、逆に観念的には弱い立場であっても実は「勝者」（すなわち「強者」）である場合もあるので、固定された観念上の「弱者の立場」のみを保護すると、現実の敗者（すなわち「弱者」）が保護されないことになるリスクも起こりかねないことに私たちは常に留意しなければなりません。

# 護身術と保身の術《すべ》

## (1) 男女の差別

最近、女子大から男女共学の4年制大学へと移行したというケースが見られます。主に学校経営上の理由からだといわれています。少子化の影響を受けて学生を集めることの難しさが女子大から共学の大学に移る決断をさせたとのことです。

そういえば、高校までは男子校、女子高、男女共学と三種類の学校が存在していますが、私の知るかぎり、男子に特化した大学（4年制）はなく、大学では女子大と男女共学の二つのカテゴリーしかありません。そんな時代に、医学部の入学試験において女子の受験生が不利な扱いを受けていたことが社会問題になっています。教育の分野に商業主義がもたらす好ましくない現象であるといえましょう。いわば商業主義的な観点からの女性に対する差別意識の顕れだと思います。

こうした時代の流れの中にあって、近年、弱者保護の観点から、女性専用車両を設ける鉄道会社が多く見られるようになりました。女性は弱い人なので、男性と乗り合わせると、どうしても、不快な思いをさせられがちになるという理由からです。この制度はもともと、弱者を保護するという社会的責任を果たすための各鉄道会社の施策だと思います。

私は一日の勤めを終えて、疲労感を抱えて帰宅するときに、折り返し運転のためターミナル駅で発車時間まで出発を待合わせしていた電車の女性専用車両に誤って乗ってしまった経験があります。できる限り乗客の少ない車両を選び、空席を見つけて腰掛けました。ほっとしたところにホームから車掌が入って来て、私の耳元で声を落とし「ここは女性専用車両ですので、他の車両に移ってください」と告げられたのです。そのように声を潜《ひそ》めて促されると、いかにも悪いことをして注意されたときのような気分になってしまうものです。強い羞恥心と軽い呵責とが入り混じったような、何ともいえない気まずさから、周りを見回すと、確かに女性ばかりでした。

彼女たちのこちらを見るとも見ないともつかない冷たい目線を感じながら、私は、思わず小さな声で「すみません。間違えました」とその車掌に謝りました。そして誰とはなしに、「間違えて乗ってしまったのです」と言い訳するつもりで、可能な限り自然な笑顔を作り、さりげなさを演じながら、遠くの車両に乗り移って行ったのです。

その日以降しばらくは、そのことがフラッシュ・バックし、そのつど、後悔の念に伴って気恥ずかしさがよみがえったのですが、それも徐々に消滅していきました。

## (2) 弱者と強者の逆転

弱者保護を強調しすぎると、弱者と強者との間のバランスが逆のかたちに崩れてしまうことがあります。一般論としていえば、弱者を保護するための規則は、強者に過剰な精神的なプレッシャーを与え、場合によっては弱者と強者を逆転させてしまうことがあります。近頃の満員電車における男性の気持ちの負担やぎこちない動作が、弱者と強者を逆転させている現実を如実に表しているように思えます。

先日も、電車の中で迷惑行為に誤解されないようにするための特集が組まれた番組がテレビで放送されました。その番組は、鞄を持っているときにはその動かし方や持ち直しに気を付けなければならないなど、実演を交えて注意事項を細かく伝えていました。最近たびたび報道されている迷惑行為の何パーセントかは濡れ衣であったということをどこかで聞いたことがあります。冤罪を避けるためには、あらかじめ疑られることのないように、一方の手を吊革に掛けて他方の手をその上に添えるなどして、持ち上げなければならないようです。出演者が演じるその画面はまるで手を高く上げて「降参する」シーンと見間違えるくらいでした。

何かの拍子に鞄を動かさなければならないとき、動かしたとたんに女性ににらまれでもしたら大変です。周りの人たちからも天下の大罪を犯したかというような目で見られるらしい（とその番組では実演していました）。この種の冤罪は少なくとも自尊心の強い人なら、末代までの恥であると深く傷つくことでしょう。

それにしても、つい先日までは痴漢から身を守るための護身術を女性向けに教示するテレビ番組が時折見られましたが、昔日の感があります。近頃は痴漢と間違われないようにする保身の術《すべ》を男性に向けてアドバイスする番組が放送されているのです。

私だったら、いっそのこと「君子危うきに近寄らず」と女性の少ないところへ移動するなど気をつけたいくらいです。同じように心配する男性は多いと見えて、車内の安全地帯への陣取り合戦は予想以上に熾烈《しれつ》です。こうなると、全く気を遣う必要がない男性だけの車両、男性専用の車両を要求したくなります。そんな悲鳴に近い叫びがあちこちから聞こえてくるような気がします。

## (3) セクシャル・ハラスメント

学問（生態学）の世界において、「セクシャル・ハラスメント」という用語は、雄と雌が交尾に及んでいるとき、あるいは及ぼうとしているときに、他の雄がそれを邪魔する行為を指すそうです。これはかなり古くからその分野の学術用語として使われていることばらしいのです。ところが、この専門用語を使って大学の紀要に掲載することになった若手研究者の論文（の予告?）に対して、（わざわざ、今日、社会問題としていわれている「セクハラ」とは異なる概念である旨の断り書きまでしているにもかかわらず）、多くの批判が殺到したとのことです。そのため、所属している大学から、「今の時代感覚に合わない」という理由で、その論文のタイトルを変更するように若手研究者は要請され、若手研究者もあまりの反響の大きさに驚き、タイトルの変更を検討しているとのことでした。

この若手研究者の学術論文の件が、報道されているとおりであるとすれば、もともと権利・義務、あるいは今日の社会問題とは無縁のはずの「生態学」という学問領域における専門用語だった「セクシャル・ハラスメント」が、弱者保護あるいは弱者（この場合は女性）に寄り添うという近年の社会問題（例えば、'Me too' 運動など）に結びついた「セクハラ」としてほぼ日常用語化し、純粋な自然科学の世界を席捲するまでになってしまったということなのかもしれません。あたかも新たに入ってきた外来種に在来種が駆逐されるかのように、いわば学問の世界における「生態系」を変えてしまったような現象です。少なくとも「セクハラ」に関して言えば、「学問の独立」はすでに死語と化し、戦時中の言論統制下の「外国語」状態にあると感じさせられてしまいます。

誤解を恐れずにいえば、私は、本来、社会問題としての「セクハラ」は、情緒的に女性だから云々、男性だからどうだという視点で語るべきではなく、男女を問わず人格を踏みにじるものであるかどうか、あるいは人間の尊厳を蹂躙するものであるかどうかという視点から、忌憚のない取り組みがなされるべき課題だと思っています。現代社会の多様性を学術的に考察する必要性から「セクシャル・ハラスメント」を論ずるときにも、満員電車に乗るときと同様に、保身の術《すべ》を意識しなければならないようであれば、世の中は情緒的(emotional)に冷静沈着さを失った状況になってしまっているのではないかと思えてしかたがありません。こうした風潮の中では、学問の世界でも、あらゆる思考や言論が保身のために一定の方向に向けさせられてしまいます。「セクハラ」を題材として語るとき、あるいは多様性社会を語るとき、萎縮社会へと追い詰められるようであれば、誠に由々しき状況を引き起こしているといわなければなりません。

# プロフェッションとビジネス
## —Did you choose education as a profession, not for business?—

### (1)　友達のような先生

いつからか先生は生徒にとって友達のような存在となり、先生も生徒から友達のように親しまれることを好むようになりました。先生が失敗したときや失言したときには、生徒はみんなでワイワイとはやし立てて先生はいじられます。このような状況を和気あいあいとした雰囲気と思っている先生が意外に多いのではないでしょうか。時代は大きく変化し、教師に対する観念も変わったということなのだと思います。

### (2)　授業料の支払人

教師だけではなく、学校についてのとらえ方にも変化が見られます。少なくとも、かつては学校が営利を目的とする組織体であるということは思いも及ばないことでした。「教育もビジネス（business）だ」なんてとても口に出せることではありませんでした。必然的に父母はもちろんのこと、生徒も自分が学校のお客様であるなどとは決して思いませんでした。

仮に学校が営利を目的とする機関（例えば、株式会社）だとすれば、教育というサービスを享受する顧客（消費者）は誰なのでしょうか。米国の大学では、授業評価が学生によってなされ、その授業が自分にとってあまり有益でないと思えば、学生はその授業を選択しないそうです。またその授業等について不平を申し出ることができる制度も広く行き渡っているとのことです。さらに、学生が自分で授業料を払って講義を聞くというケースも多いといわれています。その意味では、学校の経営者から見れば学生は正にお客様です。お客様であれば、役に立たない授業にはお金を払いたくないと評価されてもやむをえません。いっそのこと、それぞれの講義ないし授業は独立採算制を採用してもよいのではないかと思えるくらいです。

日本ではどうでしょうか。最近、日本でも学生による授業評価制度は普及してきていますが、ただ、日本の大学ではおおむね保護者（父母）が授業料を負担しているように思えます（注）。ということであれば、保護者はわが子に専門知識を身につけさせることを、大学に委嘱しているという構図が浮かび上がってきます。保護者にとって学校は、わが子に知識、ときには社会常識を授けてもらうための委託先と位置づけられるわけです。言ってしまえば、大学は子供に専門知識等を身につけさせるための外注先なのです。授業料は、知識等の教示に対する、いわば委託料（代金）に近い感覚で意識されているのかも知れません。このように考えれば、大学にとって実際のお客様は、学生ではなく、授業料（委託料）を負担している保護者ということになるはずです。

そうであれば、米国では、学生が自分のお金で自分のキャリアを購入するという意識であるのに対し、日本では、授業料を支払っている保護者が子どもに学歴をつけさせるという感覚になります。両国の間には学校についてのとらえ方に、明らかな違いがあるといえるのではないでしょうか。

ところが近年、日本の学校でも学生や生徒が自分はお客様であると意識し始めている節が見られます。大学は授業料の支払人である父母だけではなく、学生も含めて、必要以上にお客様として扱う傾向が強くなってきているのです。そうなると、学生の方もお客様気分となり、「授業内容が面白くない」、「事務職員の対応が悪い」、「学校の施設がひどい」とか、しまいには「学生食堂のランチがまずい」など、いろいろと不満を口にするようになります。

確かに、教育のソフト面（内容や方法）だけでなく、ハード面（設備等）もまた、学習や教育環境の重要な側面ですし、広く教育の一環に括《くく》ることができます。設備等の充実もサービス提供の一部として授業料（施設利用料）に含まれると考えられます。

しかし、学生が先生に対しても「お客様意識」をむき出しにしてくるとなると、教師（先生）と学生（生徒）の力関係が逆転し、学校全体がお客様に対して萎縮するようになってしまい、教師までもが明らかにリップ・サービスと思われる言葉を連発するようになります。これは行き過ぎた商業主義が学校運営に及ぼす一つの現象です。友達のような先生のパフォーマンスも営利に結びつけるための「受け狙い」であると見えてしまってもしかたがありません。学校や教師は生徒や学生の一人ひとりの人格を尊重しなければならないのは当然のことですが、そのことと彼らを「お客様」として扱うということとは別なのです。

### (3) 先生の権威

先日、九州の私立高校において、授業中にiPadを見ていた生徒の起こした事件がテレビのニュースで報じられました。教師がiPadを取り上げて生徒に注意したところ、注意された生徒が逆切れして、その教師を蹴ったり、胸ぐらをつかんだり、小突いたり、暴力を加えたのです。そのときの映像が流されたのでした。この動画は他の生徒の一人が撮り、それを知人に送ったものだそうですが、その知人がＳＮＳで拡散させたとのことです。

このニュースを見た人は、不愉快な気持ちになったのではないでしょうか。先生に暴行をはたらいた現場を見せつけられたことも、もちろんその理由でしょうが、それ以上に、その場にいた他の生徒が誰一人、そのような乱暴を止めようとしなかったということに、きっと大きな衝撃を受けたことと思います。まるで蛮行を見て楽しんでいるかのように、笑い声をあげて傍観している生徒さえいる映像は、鳥肌の立つような光景でした。仮に被害を受けたのが先生でなくても、そしてまた、教室内でなくても、暴力行為は許されるものではありません。

かつて先生には威厳があり、先生が言うことに生徒は逆らえるものではありませんでした。もちろん、先生といえども、ときには（計算や漢字を）間違えることもあります。そんなときでも、生徒は鬼の首をつかんでたわむれるような気持ちには決してならず、そっとやり過ごしていたような気がします。先生の立場を尊重するという雰囲気が教室の中には漂っていたため、ミスを指摘することによって、先生の体面を傷つけるようなことになりはしないかというためらいの気持ちがそうさせたと思います。

そこには生徒の先生に対する尊敬の念もあったと思いますが、それ以上に、善くも悪くも一体感を抱いている人への思いやりのごとく、何とか庇おうとする気持ちに似たものが作用していたように思えるのです。先生と生徒との間に暗黙裡に築かれた人間関係とはそういうものでした。そうした人間関係こそが、学校という教育機関の中の秩序となっていました。

## (4) 教育と商業主義

報道によれば、事件のあったこの高校では日頃、各教師に向けて、生徒に手を出さないよう、厳重に命じていたとのことです。恐らく、父母のクレームを恐れてのことだと思われます。加えて、強者(という固定観念の教師)に対して弱者(という固定観念の生徒)に寄り添う姿勢を金科玉条のごとく強調するマスコミ等の型通りの義侠心をある種の「リスク」と想定してのことだと思われます。それらに対する危機管理の一環として、教師が自分の身を守る権利さえも放棄せざるを得ないような指令が下知されていたものと思われます。

本来、専門職(profession)であるはずの教師は、専門職であるゆえに、世間からの勤務評定を受けやすい立場にあります。一般企業の従業員は、会社内での上司の評価を最も気にしますが、教師らは直接生徒やその父母からの評判を何よりも気にせざるを得ない立場に立たされています。学校にとっては、教師の評判は直接あるいは間接的に経済的な採算に跳ねかえってくるからです。商業主義（commercialism）はもともとこうした採算ベースでは測ることのできないはずの「教育」という専門職の査定に採算ベースを用いなければならないという矛盾も併せて持ち込むのです。

学校としては、かつての権力や権威を背景にした先生の威厳を頼りにした教育方針を改めるに、決して、やぶさかではないはずなのですが、しかし、それを意識しすぎて、学校経営上の商業主義的方針として、生徒との間に友達のような関係を築くような雰囲気づくりを強要するようであれば、教育の本来の目的を見失った教育方針であると批判されましょう。教育の基本に立ち戻って、教師には、合理性に基づく指導力の向上に研鑽を積むよう学校では申し合わせるべきだったのではないでしょうか。いかなる外圧にも臆することなく、「間違っていることは間違っている」と諭すのが先生であり、「正しいことは正しい」と指導するのが教育です。あらためて、そのことを強く感じさせられた事件でした。

（注）第5回「今後社会構造の変化を見据えた証券税制等の在り方に関する懇談会」議事概要（二〇一二年三月）によれば、米国では学生本人が学費を借りるという手段が広く普及しているが、日本では学生本人に対する学生ローンは稀であると指摘されている。また、親の学費負担も米国と比べると日本は重いという指摘もなされている。

# お客様は神様

## (1) お金を支払う人とお金を受取る人

かつて、歌謡界の大御所、三波春夫は舞台で「お客様は神様です」と挨拶したそうです。その後、このフレーズは、今日であれば、間違いなく流行語大賞に選ばれると思われるくらい、多くの人にいろいろな場面で使われました。当時、会社の営業マンやお店の店員が接客の際、客筋の身勝手な振る舞い、わがままないい分に対して皮肉交じりにこのことばを思い浮かべながら、自からの感情に忍耐を命じたのではないかと思われます。今日《こんにち》でこそ「カスハラ（customer harassument）」が批判的に取り沙汰されていますが、当時はなにしろ、消費経済に支えられた高度成長期であり、「消費者主権」が声高に叫ばれた時代でした。大学の商学関連の授業でも、この流行語を引用して、顧客すなわち消費者こそが企業の主権者であるという趣旨の講義も行われたと聞いています。

「神様」といえば、かつて三原脩監督率いるプロ野球の西鉄ライオンズ（西武ライオンズの前身）が巨人（読売ジャイアンツ）相手の日本シリーズにおいて三連敗のあと、稲尾和久投手の連投によって四連勝し、逆転してこの年の選手権を制覇したことがあります。このときに、ライオンズの地元である福岡の新聞が「神様、仏様、稲尾様」という見出しでその活躍ぶりを称《たた》えたことは今でも語り草になっています。

また最近でも、広島カープの鈴木誠也外野手がレギュラー・シーズン中に二試合連続でサヨナラホームランを放ったときの勝利監督インタビューの中で、緒方孝市監督が「神ってる」と、（これは〝神がかっている〟の幼児語だそうですが、あえてそれを使って）自らのうれしい気持ちを表現したことがあります。ちなみに、この「神ってる」は二〇一七年の流行語大賞に選ばれたことは、衆知の話です。

本来、「神」は「正義」などと同様、私たちは誰もその実体を見たことがありません。とはいえ、自分の気持ちや感情をうまく伝えたいときには、「お客様は神様」、「神様、仏様」、あるいは「神ってる」などのように、私たちはこのことばをしばしば使用します。

ちなみに、「お客様は嘘をつかない」ということを前提にすれば、商品の売れ行き（売上）を「お客様」の測定概念として用いることができます。また、神の恵みである幸せな生活は利益として測ることができます。そう考えると、仮に、「お客様は神様です」を私たちが今日、「科学的」といっているように、目で見えるものになぞらえて表現すれば、

「『売上高（お客様）』は、『利益、すなわち幸せな生活（神様）』のバロメーターだ」というところでありましょう。

## (2) 店主（株主）と経営者

ところで、個人商店の店主はお店の「所有者（事業主）」としての顔を持つと同時に、お店を運営する「経営者（管理者）」としての顔も持っています。しかし、大規模の会社、特に株式会社のケースでは「所有者（事業主）」である株主は「経営者（管理者）」としての役割の部分を切り離して専門家に任せるのが普通です。こうした現象は「所有と経営の分離」と呼ばれて、広く知られているところです。具体的にいうと、大規模株式会社の株主は経営という仕事を深い専門知識と豊かな経験をもつ専門家に任せます。株主と委任契約を結んだ経営者は会社を代表して、従業員と雇用契約を結びます。その結果、経営者は形式的に、従業員の雇い主（雇用者）になるわけです。

経営者は株主との委任契約に基づいて、株主に対しては、利益を稼いで多くの配当金を支払わなければなりません。そして税金も払わなければなりません。さらに従業員に対しては雇用契約に基づいて、満足のいく給料等を支払わなければならないのです。こうしてみると、会社の経営者は株主も含めて、企業と関わる多くの人達に対してお金を支払う立場に立たされているわけです。ただ、経営者にとって顧客だけはサービスや商品あるいは製品を提供し、お金を受取る相手先なのです。

私たち日本人の感覚では、お金を支払う人はほぼ自動的に「強者」と認識され、その気持ちも込めて「神様」と位置づける傾向にあります。確かに、私たちも日頃、買い物をするとき、あるいは飲食店において、つい、お客様目線で店員とのやり取り（交渉）をしてしまいます。このことから、経営者もまたお金を受取る相手先は「お客様」であり、「神様」であると思いがちになるのです。実は、このことが、今日、問題となっている「カスハラ」の要因であると思われますが……。

## ⑶　需要と供給

ところが欲しい品物の人気が高ければ、品薄になり、あるいは行列に加わらなければ入手できないことを私たちはたびたび経験してきました。そうした場合には支払人といえども、もはやお客様気分ではいられません。どうしてもその商品を手に入れたければ、哀願してでも譲ってもらわなければならない。お金を払う側とお金を受取る側という関係は、その品物を欲しい人と手放す人、つまり「買い手と売り手の関係」へと移行し、その移行した局面での両者の心理的な力関係が相対的に強者と弱者を決めることになります。

いうまでもないのですが、この「買い手と売り手の関係」は、私たちが日頃、市場《しじょう》における「需要」と「供給」として実感している関係です。両者の関係はその商品への欲求と、お金（その他の物品全般）への欲求の相対的な力関係であり、そのときの相対的な強者が「神様」という位置に立つことができるわけです。

供給者がいつも強者であり、需要者が常に弱者である（あるいはその逆）といえるのは独占市場など、特殊な市場の場合にかぎられます。そのため、一方的に絶対的、普遍的な強者あるいは弱者であると観念すると、弱者保護の施策は格差を大きく広げてしまう恐れがあります。現実には強い立場をさらに保護する結果になるか、あるいは状況によっては、弱い立場にある者をさらに苦しめるということになりかねません。

## (4)「お客様」保護 ——経営者と従業員の関係——

ただし、経営者と従業員との間の力関係については、採用の際の、買い手市場か、売り手市場かという関係よりも、採用後の職責上の相互関係の方が、両者の間の相対的な強弱をより鮮明に浮き上がらせます。わけても、大規模株式会社の場合、株主から経営者が委任された人事権には、採用人事だけではなく、採用後の人事考課や労務管理も含まれ、従業員に関する事項の全般にわたって経営者は判断を任されるわけですから、そのことによって、労働というサービスをめぐって経営者と従業員とは支配する側と支配される側とに分かれることになってしまいます。総じて昇進およびそれに伴う昇給等を背景にして、経営者は従業員に対して優位性を保つことになるわけです。

労働というサービスに関しては、普遍的な強者と弱者の関係を築く主要な理由は、お金を払う立場と受取る立場の関係だけではなく、また、労働の買い手と売り手という需要と供給の関係だけでもなく、職責上の相互関係も併せて、心理的な力関係を生じさせているからであると考えられるのです。経営者は企業主から人事ないし労務の全般を管理する職責が委任されていることから、従業員を支配管理する立場にあります。一般的には、経営者が強者とみなされる主たる理由は欲する人に対して、その欲求を満たすことができる職責上の権限を持つことによるのだといえましょう。

要するに、経営者にとってお金を受取る相手先ないし売上先はお客様であっても、常に神様となるわけではありません。反対に、お金を支払う相手先ないし買入先は決してお客様ではないが、神様扱いをしなければならないときもあります。概して商品やサービスをめぐる需要者と供給者の心理的な力関係において強者が神様なのです。通常、需要者が強者であり、供給者が弱者である場合にかぎり、お客様は神様なのです。

ただし、経営者と従業員との関係では、何よりも、支配従属の関係が、主として強弱関係を決め、強者は神様となります。このように見てくると、経営者にとっての「神様」は大変複雑な存在であるということが理解されるのではないでしょうか。

ところで、先日、お客様の入りが悪い（チケットの売れ行きが悪い）という理由で、公演を突然中止した歌手がいました。お客様の入りが悪いという状況の需要と供給の力関係のとき、この歌手は、舞台挨拶でお客様に対して、どのようなことばで感謝の気持ちを伝えるつもりだったのでしょうか。私たちはこの歌手を「何様《なにさま》」と呼んだらよいのでしょうか。私には説明することが困難な出来事でした。

# Ⅳ

# 私的ポストと社会的ステータス

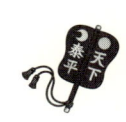

# 天職と公職と官職

## (1) 公と私

いうまでもなく「公」はパブリック（public）のことであり、「私」はプライベート（private）のことですが、「公」と「私」は国によってその用法が若干異なります。例えば、日本では、学校に関する「公」と「私」の区別は公立の学校と私立の学校という違いを意味します。米国やカナダの場合も日本と同じであるとのことです。この区別は設立母体が国あるいは地方自治体などであるか、民間の私人であるかという分類です。正確にいい直せば、公立学校は官立の学校、あるいは地方自治体が設立母体の学校であり、私立学校はいわば民間の学校、つまり私人が設立母体の学校ということになります。これに対して、英国では誰でも入学できる学校はパブリック・スクールと言われ、かぎられた特定の子弟だけが入学資格のある場合にはプライベート・スクールに分類されるようです。

この種の区別はゴルフ場に関してもなされます。ゴルフ場には、メンバーシップ・コースとパブリック・コースとがあります。メンバーシップ・コースは文字通り会員制のゴルフ場です。会員になるための会員権は出資金であるところもありますが、多くの場合、メンバーとなるための入会金、預託金およびゴルフ場の施設利用権を含んだ拠出金です。ですから、正確には会員はゴルフ場の所有者（出資者）ではなく、債権者です。

とはいえ、メンバーシップ・コースでは会員としての資格要件を満たす者だけに、入会が認められて、入会金等を支払えば、プレーを楽しむことが許されます。その意味で、クローズドな（閉ざされた）コースとイメージされています。これに対して、パブリック・コースは概して料金も安く、誰でも利用できるコースであり、オープンな（開かれた）ゴルフ・コースという意味合いが強いといえます。

なお、日本ではメンバーシップ・コース、パブリック・コース、いずれのコースも私立（出資者が民間人）のゴルフ場ですが、外国では、公共性が高いパブリック・コースは自治体等の行政が設立母体の、いわば公立のゴルフ場が多く見られるような気がします。

こうしてみると、学校やゴルフ場の場合、「公」と「私」は、設立母体を基準にして分けられる場合と、利用者に目を向けて区別される場合と、そしてまた、利用者と設立母体の両者を合わせて分類されている場合とがあることがわかります。

## (2) 官と民

さて、「パブリック」はもともと「人々」を意味することばであったはずですが、民主主義の発展にともなって人々（国民や市民）が主権者となり、やがて公益（全体の利益）を私利（個人の利益）よりも重視するという思想につながり、公人はその全体（国民や市民）の代理人と考えられるようになりました。そして、いつの間にか「代理人」が「代表者」に読み替えられ、その結果、公人は主権者（国民や市民）を代表する立場になったのではないかと思われます。

そのようなわけで、「パブリック」は「私」と比べれば「公」ですが、「官」と比べれば「民」です。そしてまた、「個人」と呼んでいるイメージよりは「集団」ないし「社会」を表す概念ですが、「国家」ないし「政府」というよりは「国民」ないし「市民」に寄り添う概念です。

日本の場合（ゴルフ場は例外ですが）、「公」と「私」の区別は、概して利用する側ではなく、サービスを提供する設立母体を分類基準としています。その結果、「公」と「私」を区別するにあたって、一般に「公」が「官」に、そして「私」が「民」に置き替えられて理解されているといえます。

もっとも、特殊なケースとして利用者および設立母体だけでなく、運営母体も併せてイメージされるケースもあります。例えば、病院や交通機関についての「公」と「私」の区別がその例です。基本的には、病院や交通機関の場合には、営利事業としての性格を強調して、運営（経営）母体が行政庁（官庁）か、それとも私人（民間の法人）かという違いよって「公営」、「民営」というように分けられています。

とはいっても、学校、病院および一部の交通機関に関しては、設立母体や運営母体がたとえ私人であったとしても、不特定多数の利用者（患者や乗客）に広く開かれていることから、公共的な性格をもつサービスが提供される施設や機関であることに変わりはありません。そのかぎりで考えれば、学校や病院、あるいは交通機関は、たとえ私立ないし民営であっても、公共性ないし公益性が必ず期待され、利用者に対して不公正ないし不公平な取扱いは許されないはずです。そこで、利用者の視点からは公立ないし公営（官立ないし官営）の機関に準ずる組織体であるとみなすことができます。

交通機関のように、営利事業として成り立ちうる事業、言い換えれば独立採算制を採用することが可能な事業体については、実際には、民営の鉄道（私鉄）であっても、公営の地下鉄や市営（都営）の路線化された乗合バスなどとほぼ同列に扱われて、ひとくちに「公共の交通機関」として括《くく》られます。

これらのことも考え合わせると、「利用者」、「設立母体」と「運営（経営）母体」、さらに提供される「サービスの公共性」も加えて、すべてが入り混じったイメージによって私たちは日常生活において「私」と区別して「公」と呼んでいるように思われます。

## (4) 公人と私人

米国において「パブリック」は、おそらく私たちが「みんな」あるいは「多くの人々」あるいはまた、「一般（general）」といっているような、いわば「国」を構成する人々に目を向けた概念であり、「人々一般」というような意味が込められて、厚い信頼が寄せられ、高く権威が認められて、広く受け入れられているように思えます。

これに対して、日本では、「公」は「官」であり、そして「私」は「民」であり、「官」は「民」よりも明らかに上位にランクづけされていると思えてしかたありません。さまざまな式典において招かれた公人は常に主賓としてあいさつする慣例があるのはそのことを示す一つの証拠です。公人は国民や市民を代表して、そしてまた、みんなの幸せのために働いている官職だからという理由で敬意が払われ、重要な来賓として扱われるわけです。

確かに、施設や機関等に関しても、公営の施設は、民間の施設より利用料金は安価であるにもかかわらず、品質に関する信頼性ないし安定性は高いと一般的にはイメージされます。しかし、その一方で民間の施設の中には、あえて利用料金を高額にし、社会的ステータスの高い富裕層に狙いを定めて利用されるよう、差別化を図っているところも見られるようになってきました。庶民よりもかぎられたエリートたちを利用者に想定して設立され、実際に運営されている施設が出現し始めているということです。

このような差別化を図る民営施設の出現によって、誰でも利用できる公営の施設に比べて、より質の高いサービスを求めるエリート層が生まれます。具体的には、賃貸住宅（マンション）、学校、あるいは最近では介護施設において、「私・公（官）・民」というように「公」を間に挟んで、その上下を「私」と「民」が占める、いわゆるサンドイッチ階層が見られるようになりました。結果的に、何の特権も持たず、公共の施設を利用する階層をもって、多くの日本人は自分たちを庶民と位置づけ、「中流（階級）」だと意識しているのです。

## (5) 公職と天職

ところで、「損して得取れ」という商いの格言があります。この格言は「目の前にある利益を求めず、短期的には損でも、長期的には得する商いをせよ」というように解釈できます。あるいは、「利益を得るためには、十分な元手を掛ける必要がある」という商いの基本を意味しているものとも思われます。さらに、「売上という収益を獲得するためには仕入というコストが必要である」、転じて「手厚い接待をすることによって、後々大きな取引を得ることができる」など、さまざまに拡大して解釈されるようになりました。

もともと商人は利益（私利）の追求を天職としています。しかしながら、商人の仕事は世の中で求められているかぎり、その世の中のしくみの中で機能することが期待されているといえます。その意味で、商人の天職を世の中のためになる公職と位置づけてもよさそうです。そして商人は世の中のために働く一種の公人として受け止めることができるのではないでしょうか。日本では、概して会社内での私的なポストが、そのまま社会的ステータスとして受け止められているケースが多いのはそうした意識がどこかに潜んでいるためだと思います。

商人が利益を獲得することを人々が承認しているということは、ことばを換えれば、商人には、利益を追求することが一般に認められているということですから、商人に関しては私利と公益とが完全に重なるわけです。そのため、逆に赤字を出すようでは、社会的な期待に応えなければならない商人としては失格であると判定されてしまいます。

言い換えると、単なる私欲を満たすためか、あるいは人々のためになる商いであるかの違いによって、「損して得取れ」の意味も、手に入れた利益についての私たちの評価も異なったものになるという例です。

福澤諭吉の著した『学問のすすめ』は、「天は人の上に人を造らず、人の下に人を造らず」という有名なことばで始まっています。ここでの「天」が何を意味するのかについては議論の分かれるところだそうです。私は、まさに「天」は「一般」であり、「天」は「人々」であり、「天」は「公」であると考えてもよいと思っています。「天職」は人々に求められているかぎりは、つまり、社会的な要請に適合する以上は「公職」であると私には思えるのです。いや、「官職」は人々に求められているかぎり「天職」であるといった方が、私の気持ちとしてはしっくりきます。

# みんなの利益

## (1) 最大多数の最大利益

「最大多数の最大利益」を唱えたベンサム（Jeremy Bentham）の功利主義には、たとえ、特定の人々に犠牲を強いることがあっても、集団（社会）全体の満足が高まれば「善」とする可能性があります。そのため、個人の立場からは受け入れがたいケースも生じます。この点について、よく引き合いに出されるのが、ダム建設のために村が水没してしまうというときの収用に関するトラブルです。収用される個々人の犠牲と社会全体の満足との間の矛盾が浮き彫りになる場合です。

電力不足の解消、あるいは安定的な治水のためにダム建設は私たちの生活にとって必要であるということに異論を挟む余地はないと思われますが、そのために先祖から受け継がれてきた土地を離れなければならないとなると話は別です。こうした場合には、よりによって自分（たち）だけが、どうしてみんなの利益のために代々受け継がれてきた土地を手離さなければならないのかという不公平感から、行政に対して腹立たしい気持ちが沸き上がってくるものです。そんなときに「あなた（方）さえ、他の場所に移ってくれれば、多くの人が便利に暮らせるのだから」といわれても、到底、納得できるものではありません。

かつての成田闘争はこうした構図でとらえることができます。ただし、収用される人たちに寄り添う姿勢（pose）が特定の思想に基づき、体制批判の目的でとられたのであれば、収用される人（たち）の怒りを、政治的な実践活動や権力闘争の手段に利用しただけであったように見えてしまいます。

この種の対立で心配されるのは、収用される人たちが、自分と自分が所属する集団（自分も含めたところでのみんな）との関係としてではなく、自分と他者（自分以外の集団）との関係として抗争を位置づけてしまうことです。みんなの利益のために自分たちの土地が強制的に収用されるということは、結局、「収用がみんなの利益のために必要」といわれるときのみんなの中に自分たちは入れてもらえていないのだという疎外感を湧き上がらせてしまうことです。

私には最近の沖縄の米軍基地をめぐる対立も同様の心配を含んでいるような気がしてなりません。沖縄の基地問題は、本当は沖縄県も含めて日本全体の安全保障に関わる懸案なのですが、もはや沖縄県民はここでの議論を自分たちも一員であるはずの日本全体の安全のために必要な問題とは受け止めてはいないように見えます。沖縄県民はこの問題を自分たち（うちなんちゅう）と他者（やまとんちゅう）との間の利害の対立としてとらえていて、すでに「やまとんちゅう」との間に一体感をいだいてはいないのではないかと懸念されます。こうした状況にあって、「仲間外れにされているという」沖縄の人たちの感情を酌むことなしに、ひたすら、「みんな（最大多数）の安全保障のために」と説得するのでは、デリカシーに欠けるという域を超えて、あまりにも強引かつ乱暴な話のように思えてしまいます。

## (2) 利己心の論理

功利主義は基本的に「満足（功名と利益）を最大化する」ことを求める思想です。そのため、個人のレベルで理解すれば、功利主義は自己中心主義のように見えてしまうところもあります。自己利益を最大にするためには手段を選ばずということさえも推奨されるのではないかと誤解されそうです。

各個人が欲望の赴くままに行動すれば、やがて均衡状態に到達し、それぞれの人にコスト（限界費用）に見合った成果（限界効用）が配分されることになります。そのときには社会全体としても資源の配分が最適になると思われます。最適な資源の配分は社会全体の利益の最大化をもたらし、結局、最大多数の最大利益に繋がり、好ましいということになります。

この考えは、個々人の満足の種類がすべて相似形であることや、各個人は常に満足を最大化するように行動するということを前提にしています。そうした前提のもとで、人々が利己心に基づいて行動すると、社会全体の満足は最大になるというように「個」と「全体」との結びつきを保証します。

こう考えてみると、功利主義は個人レベルでは、利己心のままに行動することを奨励する立場であるようにもとれます。自分が欲望のまま行動することは結局、自分も含めたみんなの満足度の合計を最大化することに資すると考えるわけです。

しかし、すべての人が利己心を宿しているということは、裏返していえば、（稀に見られる篤志家を除けば）私たちはみんなの犠牲になることを進んですることはないということです。とりわけ公共財に対して誰がそのコストを負担するかというときの争いは功利主義が自己中心主義に変貌する顕著な例を示すものであると私には思われます。

特に、私たちの周りでは、負の公共財について互いに自分の犠牲（不利益）を避けようとする負担の押し付け合いがしばしば生じるのです。原発事故によって汚染された土壌や廃棄物の引き取りを巡って、痛みをみんなで分かち合おうとする提案に対する、あのときの抵抗は自己中心主義を痛いほど思い知らされた実例でした。

「みんなの利益のために自分たちだけに負担を強いている」という主張は「自分（たち）は人《ひと》身《み》御供《ごくう》にされている」という必死の訴えです。そこに潜んでいる「誰も単なる手段として人を利用してはならない」というカント（Immanuel Kant）の人格に関する警鐘を敏感に聴き取らなければなりません。負担を強いられている人たちにとっては、何とも釈然としない功利主義に内在する矛盾なのです。最大多数の最大利益を図るという功利主義の枠内で、自己中心主義を排除するためには、他者を自己の欲望のために単なる犠牲にしてはならないという倫理も同時に構成員が持ち合わせていなければならないのです。

## (3) 集団的自己中心主義

私たちは個人の利益と集団の利益とが相反する場合には、「最大多数の最大利益」というフレーズに洗脳されて、とかく集団の満足の最大化ばかりに目を向けてしまいがちになります。しかし、すべての人が他者のための無意味な犠牲になってはいけないとする倫理観あるいは正義感によれば、たとえ社会全体の満足を大きくするためであっても、誰かに犠牲を強いることだけは避けなければなりません。

　このことに関連して、私は最近、東京の一等地といわれている高級住宅街に公共の保育施設を建設する計画に対し、その地に住む住民が猛烈に反対をしているという話題が気になりました。報道によれば、住民が反対する根拠（の一つ）は、自分たちの子供が遊んでいる公園の一部を保育所の敷地に転用すると、遊び場が狭くなるということだそうです。その不満を根底にして、「説明が不十分である」とか、「自分たちに何の情報も与えずに突然そのような決定をした」等々の理由を挙げて区政に対して強く抗議しているとのことです。

　この例は「最大多数の最大利益」を重視する区政に対して集団的な既得権を主張するケースです。この報道を見た誰もが内心において、本来、誰でも利用できるはずの公園の一部を不遇な人たちのための保育施設に転用することに対する特権意識がもろに顕れた抗議行動だと感じたに違いありません。

　いうまでもなく公園は先祖代々受け継がれてきた私物ではありません。もともと公正な利用が求められる公共の施設です。その施設のより正義（公正性）に適った転用に対する身勝手な反発のように映るのです。

　これらの問題を考えるとき、芥川龍之介の短編小説である『蜘蛛の糸』が私の脳裏に浮かぶのです。天国のお釈迦様から生前に一度だけ善いことをした（蜘蛛を踏み殺すことを自重した）罪人を地獄から救ってあげようというご慈悲によって投げおろされた蜘蛛の糸を登り始めたこの罪人が、後から自分について登ってくる他の罪人に気がついたとき、降りるように大声で命じます。自分一人でも切れる心配がある蜘蛛の糸なのに、ぞろぞろと後からついてくると重みに耐えかねてぷつんと切れてしまうと心配し、つい怒鳴ってしまったのです。この罪人に助け舟として蜘蛛の糸を投げおろしたお釈迦様はこれを見て、この罪人の手元から糸を切ってしまいました。このような状況のときに、自分だけ助かればよいとする行為に対してお釈迦様は一定の判断を下したという内容の短編です。

原発事故によって汚染された土壌の廃棄場所を巡るあのときの拒絶や高級住宅街の保育施設建設をめぐるこのときの抗議なども、沖縄の米軍基地の反対運動と同じく、功利主義の矛盾が露呈した事例だと考えられます。ただ、利己主義に内在する集団的自己中心主義が行政と住民の関係において逆の姿で顕れているだけなのです。

## (4) 公正性としての正義

米国の政治哲学者であるロールズ（John Rawls）の考える公正な社会、正義に適う社会というのは、社会的な枠組みの中で、権利や自由などの、いわば社会的な基本財については、それを得るための機会が平等に人々に開かれていなければならない社会です。そのうえで、努力した人にはそれ相応の成果が見返りとして与えられるという仕組みこそが公正と呼べるような正義に適った社会システムであるとロールズは考えるのです。ただし、努力せずに、生まれながらにして優位な地位に立つことができる人は、本来いないはずですので、そのような有利な地位にある人は不遇な人々を助ける義務があります。しかし、その種の義務は有利な人が不利な人に恵を施すという方法ではなく、社会システムの中にそういう仕組みが自動的に組み込まれている制度でなければならない、というのがロールズの考えです。そのような社会であれば、たとえ社会全体の満足が最大値にならなくとも、つまり功利主義には反しても（全体の利益が最大値の山からズレて、少し小さくなっても）、誰も現状を損なうような犠牲を払っているという意識なしに最も恵まれない人（たち）の暮らし向きを改善するように「満足」の分配がなされるはずであるというのです。こうしたロールズの正義論は、誰も他者の利益獲得のための単なる手段にならないとするカントの考える「人格」を尊重した思考であるといわれています。

誰かが犠牲を負担してくれれば世の中全体の幸福度の合計はもっと大きくなるかも知れないが、たとえ、全体の幸福度の合計は最大とならなくとも、最も恵まれない立場にある人が享受できる満足を最大にするような基本財の分配がなされることになる社会的な仕組みが「公正性としての正義」と考えたのです。

この考えを沖縄の基地問題に当てはめてみると、まず、沖縄の人々にとって負の社会的基本財、すなわち現状と同じレベルの安全保障のための負担が「うちなんちゅう」と「やまとんちゅう」との間で平等に配分されなければなりません。そうすることを前提条件とし、そのうえで努力した分に見合う何らかの補償が都道府県各々に与えられる。そして、功利主義的な意味では、たとえ全体としてのコスト面での、費用対効果（コスト・パフォーマンス）などが最大とはならなくても、日本国中で、現在、地政学上の理由等から最も不遇な立場にある沖縄県民の負担が最も小さくなる（便益が最大となる）仕組みになっていれば、正義に適った施策であると（うちなんちゅうも、やまとんちゅうも）みんなの納得の行く話ではないかと思われるのです。

もともと利己心を持っているはずの「みんな」が公正性としての正義の観点から、虚心坦懐に知恵を絞る必要性を痛感させられる報道が次々と目につく今日このごろです。

# 人情

## (1) 友情

よく知られているように太宰治の『走れメロス』は若い牧場主のメロスが、間近に迫った妹の結婚式に必要な品物を買いそろえるため、遠く離れた町まで出かけるというところから始まる話です。

町に着いたメロスは町が暴君の猜疑心に苛《さいな》まれて活気を失い、全体が萎縮していることを知ります。そこで、メロスは正義心を奮い立たせて、暴君の居城に乗り込むが、あえなく捕らえられる。メロスは妹の結婚式を済ませるまで、処刑を猶予してくれるよう懇願し、自分の身代わりになって拘束されることを買って出てくれた友を預けて牧場に戻り、妹の結婚式を済ませる。それから、身代わりとなってくれた友の命を救うため、暴君と約束した時間までに戻ろうと、必死に走りつづける、という内容の短編です。

人間というものは自己利益を求めて行動するものだという前提のもとでは、メロスや身代わりを買って出てくれた友の行動は例外であるとしなければなりません。あるいは、メロスや友の心の底に何か自己利益に結びつく不純な動機が潜んでいるのではないのかと邪推したくなるかも知れません。しかし、私にはそうした自己利益のためだけに行動する人の方が、現実にはむしろ稀であるように思えるのです。よほど偏屈な人を除けば、多くの人はメロスが友情を大切にし、友との約束を果たそうと、自分を待ち受ける処刑場に向かって、走り続ける行為を素直に「律義」であると受け入れることでしょう。私たちの周りには友情にかぎらず、すべての人情を大事にする人が依然として多いのではないかと思うのです。

### (2) 母性愛

献身的な人情は美しいものであることはいうまでもありません。おそらく母親が抱く母性愛はその代表的なものだと思います。もう何年も前のことになりますが、正義感あふれる弁護士一家が殺害された事件を蒸し返すようなニュースが、最近、報道されました。この事件では、幼子も共に殺害されたのですが、そのとき犠牲となった母親は、「せめて子供だけは助けて」と哀願したそうです。今、思い返しても犯行の残忍さが一段と蘇る事件でした。いかに帰依する宗教の教義（ドグマ）のためであるとはいえ、犯行の無慈悲さ、残酷さをあらためて私たちに思い出させるニュースでした。

この話とは別に、一昨年（二〇一七年）の原爆記念日に同じような母親の愛情を伝える話がテレビで放映されました。長崎に原爆が投下された日に多くの母子が命を落としたのですが、母親が幼子を庇って自分の体の下になるよう体を曲げて死んでいったという母子も見られたというものです。

こうした母性愛は人間に特有のものというわけではありません。雛を温めている母鳥が、天敵が近づいてきたときに、自分の羽を垂れ下げて負傷した身であることを装い、天敵の気を自分の方に引きつけて、雛から遠ざけるという行動をテレビで見たこともあります。

さらにそれとは別に、生後間もないラバの赤ちゃんがピューマに襲われ、連れ去られようとしたときに、母親のラバは身を挺して、その子供を銜《くわ》えて連れ去ろうとしたピューマを追いかけたときの映像が最近やはりテレビで放映されました。母親の気迫にたじろいだピューマは子供を口から放して退散したのでした。

これらの実話を見聞きすると、母親のその場に及んでの覚悟と子供を庇う母性愛は、美しいという域を通り越して強いという思いを覚えます。そういえば、私たちは子供のころ、何かの恐怖に直面すると、母親のたもとにすがったものでした。母親というものは子供にとって、特に幼子にとっては自らの命を投げうってでも守ってくれる強く頼もしい存在でした。

## (3) 溺　愛

しかし、こうした母親の愛情も一歩誤ると、盲目的な愛へと化してしまいます。最近、エリート銀行員が仕事の忙しさにかまけて、子供の面倒を見ないということから夫婦仲が悪くなり、ついには妻を殺害してしまったという悲惨な事件が発覚しました。夫は自分の実家の庭に妻の死体を埋めたのですが、このときに、こともあろうか、夫の母親もそれを手伝って一緒に埋めたというのです。どのような事情があったのかは、報道からだけではわかりませんが、母性愛と母親の溺愛とは紙一重であるということを知らされる思いでした。こうした溺愛は人情としてはわからないでもありませんが、本当に正しい愛情なのでしょうか。それとも愛情に正しいとか正しくないとかの区別は不要なのでしょうか。

このニュースを知ったとき、私はなぜか、大学院時代の恩師が、「友情というのは身を挺《てい》しても、友人の誤りを正すものであり、たとえ、そのときに自分が憎まれるようなことになっても、いけないことはいけないと指摘するのが真の友情である」と、私たちに話していたことを思い出したのです。

今にして思えば、友の過ちを庇うような友情を、恩師はこうした母親の溺愛に近い人情の兆候であると感じていたのかもしれません。友人や仲間に非があるときでさえも、友人を助けるのが、美しい友情であると思い込んでいて、つい間違った義侠心から仲間を庇ってしまいがちだった当時の私には、恩師の言うことを理解することができませんでした。というよりも、それ以上深く考えようともせず、恩師の話を聞き流していたように思います。

## (4) メロスの意地

『走れメロス』に話を戻すことにしましょう。作者の太宰治がどのような価値観を持った作家であるか私はほとんど知りません。ましてや太宰がどのような気持ちをもって『メロス』を描いたのか私にはわかりません。ただ、作者が持ち合わせている価値観、人柄、そして実生活における生き方のいかんに関わりなく、作品そのものを読み取るのは読者の自由に任された領域であり、読者自らの責任においてなされる行為であることは、わざわざ断るまでもないと思います。

メロスは妹の結婚式に出席した後、暴君との約束を守るために途中のあらゆる障害を乗り越えて、身代わりに立ってくれている友のもとへと懸命に走り続けたのです。自分の利己心を優先させる行動をとろうとすれば、約束を反故にして、友達を見捨てればよいだけのことです。しかし、メロスがそうしなかったのは、自分の身代わりを買って出てくれた友人の情に応える選択肢を利己心よりも重視したためでしょう。メロスの行動によって、助かったのは、直接的にはメロスを信じて身代わりとなった友人の命であることはもちろんです。

確かにそれもあろうかと思われます。そうした気持ちに加えて、メロスは義務感の強い人間なので、もしかしたら自分自身を義務感から解放するためにひたすら走ったのかもしれません。自分で自分を見る目が怖くて、その目から解放されたい一心で走り続けたと考えることもできます。しかし、私にはそれだけでもないような気がします。約束を果たすまでに心の中を何度も横切った邪念や迷いをメロスが恥じたという語りから、帰結主義とは異なる倫理感が作者である太宰の心底に潜んでいるように読み取れるのです。

それはそうなのですが、私には、メロスによって救われたのは暴君だという思いが強く心に残るのです。それまで、暴君はメロスが処刑されることを承知しながら、それでもなお、戻ってくるはずはないと高をくくっていましたが、万難を排して幾多の障害を乗り越え、さらには自分の中に芽生えた迷いを振り払って、メロスが駆けつけたことにより、それまで人間不信から、人の真心を信じることができなかった暴君は目を覚ますのです。

そうしてみると、メロスが一番意識していたのは、自分を処刑する暴君に対する意地を貫くということではなかったかと思うのです。意地を通すことによって結果的に、今まで重ねてきた自分の愚行がどれほど、周囲の者および民に苦しみを与えてきたかを暴君に気づかせ、それを改めさせることができたのです。自分が処刑されることを承知の上で友のために戻る意地を見せて、自分の不利益（処刑）と暴君の改心（言い換えれば、民の苦しみからの解放）とを天秤にかけ、自分の不利益の方を選択することによって正義を貫いたのです。

まさに「身を挺して間違ったことは間違っている、悪いことは悪い」と、暴君に悟らせたのです。人間の愛情は、損得だけで説明できないということを忘れてしまいがちな、あるいはあえて無視しがちな今日の私たちの周りの風潮を、メロスの行動は考え直させずにはいられなくするのです。

この短編を読み直してみて、あらためて私は利己心を乗り越える強い愛情、本当の友情などの人の情は時代錯誤のロマンチシズムであると片付けられないのではないかと思いました。メロスの固い正義心、真の友情は母親の強い母性愛と同じく時代感覚の変転とともにその評価が変わるという性格のものではありません。

今、久しぶりに「メロス」を読み返し、私は多感な年頃に立ち返って、身の回りの世界を見つめ直してみたい衝動に駆られるのでした。

# 規律と自覚

## (1) 集団の独自性

私たちは、時折、確たる根拠もなしに、「人間とは云々」と人間本来の姿をひとくちに言い表そうとすることがあります。多くの場合、たまたま懇意にしている人を思い浮かべて典型的人間であると想定し、その特徴を強調してとらえているか、あるいは個人的に尊敬している人の特徴を抜き取り、それをもって人間像を描いています。さらには歴史上の人物の成し遂げた偉業を伝える偉人伝、あるいは正義感溢れる勇ましさを伝える武勇伝を読み、自分なりに人間像を創り上げていることもありましょう。

もう六〇数年も以前のことになりますが、当時、私が通っていた幼稚園では、「お帰り時間」が近づくと男児向けと女児向けの童話や簡単な物語を日替わりで一篇、先生が紙芝居のようにして読んでくれるのが決まりでした。男児の希望を聞く日には「今日はどの本にしようかな」という先生の声を聞くや否や、男の子たちは一斉に大きな声を張り上げて

「宮本武蔵！」とか、「牛若丸！」とか、その頃の私たち男児が大好きであった英雄の物語を読んでくれるように要求したものです。

もう少し大きくなってからは、「野口英雄」であったり、「湯川秀樹」であったり、「大鵬」や「長嶋茂雄」であったり、それぞれの時代のヒーローに感化され、その後ずっとヒーローたちを日本人の代表として憧れていたような気がします。

ところで、一人ひとり、感性や感覚の異なる個性のある人間が集まって、一つの集団を形成する場合に、私たちが「この集団は云々」と語るときには、その集団以外には見られない独自性を知る手掛かりを何に求めているのでしょうか。私は、（個人ではなく）集団の独自性について考えてみたくなりました。

## (2) 他律規準

集団の独自性を認識するための一つの根拠は個人が所属する集団（例えば「社会」という共同体）から課される規範ではないかと思います。構成員に要求されるこの種の規則（rule）や決まり（code）は、その集団独自の行動規準（principle）として具体的に規定されているケースが多いと思います。

個人が特定の集団に所属しているという意識が芽生えると、通常、その社会の統一された規則や決まりに従う（自らを同調させる）義務を自覚し始めます。はじめのうちは集団の一員として馴染むように、これらの規則や決まりを義務として意識するのですが、やがて自然に、そして当たりまえのこととして、それらの規則等を受け入れるようになります。こうした規則等は、実は、その社会の構成員であり続けるために要求される資格要件なのです。

そうであれば、私たちは、所属する集団を明示する表徴をもって、その集団を一つの統一体として認識するときの最初の目安にすることができるような気がするのです。例えば、さまざまなスポーツ、とりわけチーム・スポーツにおいて、定められたユニホームの色や柄、あるいはその着用義務は、選手個人にとっては自分の意思や好みとは関係なく、集団（チーム）から課された規則あるいは決まりです。同様に、「お相撲さん」の髷、「お坊さん」の袈裟、あるいは「舞妓さん」のだらりの帯、警察官や自衛官の制服などは、それぞれ所属する集団を明示（denotation）する決まりごとです。集団は具体的な職業集団でなくとも同じことです。「スポーツ選手」が胸につけた日の丸が日本代表という抽象的な集合体を明示することは明らかです。

髷や袈裟や制服などの表徴によって、私たちはその人の所属する集団を容易に特定でき、その集団から課される規則をほとんど無意識のうちに推定していることに気づくはずです。例えば「お相撲さん」の髷の場合には稽古、「お坊さん」の袈裟によって修行、「舞妓さん」の帯によってお稽古、警察官や自衛官の制服によって訓練など、それぞれの所属集団がそのメンバーにほぼ強制的に求めている規則等を私たちに暗示（connotation）します。同じく、日本代表に要求される能力を高めるための人一倍厳しい練習も胸の日の丸が暗示する行動規準（他律規準）の一つです。

このように、集団を表徴するものによって、⑴所属集団が明示され、さらに、⑵その特定した所属集団がそのメンバーに求める独自の規則等が暗示されるのです。ここで暗示される規則は、構成員の立場から見ると「他律規準」であり、しばしば集団の「規律」ともいわれるものです。このようにして容易に連想される構成員にとっての他律規準をもって私たちはそれぞれの所属する集団の独自性を感じ取るのではないでしょうか。お相撲さんが暗示する規律は、あくまでも稽古であり、修行やお稽古や訓練ではありません、また、お坊さんが暗示する規律は稽古や訓練でなく、どうしても修行なのです。

## ⑶　自律規準

集団が統一された集合体として認識されるためのもう一つの根拠は、個々の構成員が主観的に帰属している集団の中で蔓延している価値体系であり、その集団に帰属する構成員が共有する考えや判断のよりどころです。ここでの判断のよりどころは決して集団から強制されるというたぐいのものではなく、各人の心の中で自生的に発生し、自覚する規準（criterion）です。

髷や袈裟、あるいは、だらりの帯や制服、そしてまた胸の日の丸など、所属集団を表徴するものは、先に触れたように、その所属集団の「規律」を暗示しましたが、それとは別に、「お相撲さん」の優しさ、「お坊さん」の悟りの深さ、そして舞妓さんの初々しさ、警察官や自衛官の礼儀正しさなども同時に私たちに暗示します。そしてまた日本代表選手の誇りと使命感も自らを律する決まりであると私たちに暗示します。これらは個々の構成員が主観的に帰属している集団が暗示するものなのです。力士が自らを「お相撲さん」であると自覚するから優しくなり、僧侶は「お坊さん」であると自覚するから悟り深くなり、舞妓は自らを「舞妓さん」であると意識するからこそ初々しくなるのです。あるいは警察官や自衛官が「お巡りさん」や「自衛隊さん」であると自分を意識するからこそ、礼儀正しく振る舞うようになります。スポーツ選手も日本代表を意識するから誇りと使命感を懐くのです。力士や僧侶や舞妓や警察官等、それぞれの集団において、各人が自覚する優しさ、悟りの深さ、初々しさ、礼儀正しさ、あるいは誇りと使命感は、外から強制されているわけでもないのに、ほぼその集団の統一的な特徴となるのは、主観的な帰属集団の中で蔓延している価値体系に各人が従っているからだと思われます。

これらの価値体系は本来、外から強制されるものではなく、各人が自から感じ、自発的に従う信念です。閉鎖的な集団の中で、多くの場合、集団内に浸透している伝統、慣習、教育など、先人からの伝承が「始めは真似」から、やがて、いつの間にか統一的な判断基準あるいは信念へと形作られてきたものです。

このような共通の信念は集団のメンバーの一人ひとりが自ら課す規律であり「自律規準」と呼ぶのが相応しいのではないでしょうか。実は、社会の構成員が共有する価値体系あるいは信念は、私たちがその社会の中に浸透している「常識」であるとイメージするものでもあります。

これまで述べてきたように、私たちは、その社会の構成員の行動がメンバーシップとして守らなければならない他律規準を直ちに思い浮かべることができ、加えて構成員が心のよりどころとして共有している価値体系を源泉にした共通の信念を知覚したとき、その集団またはその社会の独自性を識別することができるわけです。客観的に所属している集団（社会）が定める「他律規準」に従い、そのうえで、その集団の中で共有された信念すなわち共通の「自律規準」を身につけた人は、その集団の独自性を把握するときの代表的な構成員であると、十分に認められるものと思われます。逆に言えば集団の代表的な存在は、その集団の他律規準と自律規準に忠実な人なのです。

## (4) 「他律」の「自律」のジレンマ ――独自性と多様性――

いま、国という集団を考えてみると、そこでの他律規準として違反行為を列挙した「法」をイメージすることができます。また、構成員が共有する信念は自律規準として、その国において支配的な「倫理」の体系を形づくっているといってもよいと思います。

そこで、「法」と「倫理」という二つの規範の間に齟齬がないときには、「法」に準拠していれば、信念からの隔たりは生じません。また、信念を貫いても、「法」に反することはありません。しかし、両者に相違があるときには、「法」さえ犯さなければ、信念に従わなくてもよいのか、あるいは、信念に従おうとすれば、ときには、「法」を犯す行動をとってもよいのかという二律背反の選択に構成員は迫られることになります。

「法」に違反したときは、所属する社会によって求められるような他律規準から逸脱したことによる罪悪感を引き起こします。そして信念からの隔たりを感じたときには、自主的に定めた自律規準を満たさなかったことによる自責の念を生み出します。このようにして、私たちは他律規準(「法」)と自律規準(「信念」)によって、いつの間にか統一的に罪悪感あるいは自責の念を覚えるようになるのです。その国に固有のこれらの統一的な逸脱感こそがその国に独自の特徴として私たちは外から感じ取ることができるのです。集団のこの特徴は、社会全体の意思決定や行動を予測したり、認識したりするときの基礎となりうるのです。

こうした観点から歴代の英雄を振り返ってみると、集団から課された他律規準から逸脱したことを理由に集団からの離脱を余儀なくされた例は極めて稀であることに気づかされます。というのは、時系列的な順序に注目すると、まず他律規準から逸脱した時点で、通常は直ちに「英雄」から失脚し、そして、すでに英雄でなくなった後、集団から身を引くことになるからです。それに対して、多くのヒーローは自主的に課する自律規準（信念）に届かなくなったと感じたときに、自ら身を引く決意をしてきたように思われます。結果として、最後まで「英雄」の座を失うことなく、自ら身を引くことになるので、私たちの心の中にいつまでも英雄として存在し続けることができるのです。

なお、特定の社会における固有の他律規準と自律規準を知ることによって、その社会の独自性を構造的に見出すことができるということは、逆に言えば「多様性社会」は、構成員全員に統一できるような逸脱感を見い出すことができない混沌とした社会、すなわち独自性を見出せない社会を意味するということなのかも知れません。多くの場合、統一的な他律規準（法）は存在しているが、統一的な自律規準（倫理）が見出されない状況の社会です。つまり統一的な他律規準という枠組みの中で、共有されているとみなせるような信念や常識が認められない状態、あるいは統一的な自律規準が形成される過渡期にある社会を「多様性社会」と私たちは呼んでいるように思えます。

「混沌」を「自由」に読み替えて「自由（混沌）こそがその社会の独自性である」という議論は「独自性のないことが独自性である」というメタ言語を用いて矛盾を巧みに隠蔽した詭弁だと思います。

# 社会的ステータス

## (1) 社会人

先般、18歳以上の国民に選挙権を与えるということになったのをきっかけに、私はそれまで漠然と、独立して生計を立てている人をもって「社会人」と呼んでいることに気がつきました。よく考えてみると、選挙権の有無にかかわりなく、それぞれの立場で、それなりに社会的責任を負うという点では、学生も無職の人も、あるいは未成年者も成人も社会人であることに変わりはないはずです。そうであれば、社会に対して責任を負う人をすべて「社会人」と呼ぶのが相応しいと思わなければいけないのではないか、単に社会の「一員」といわれる人であっても、社会システムに参加している以上は、すべて「社会人」と呼ばれるのが正しいのではないか、と思い始めたのです。

私たちは社会との間で締結された契約に拘束される活動領域と社会的制約を受けず、ただ私的契約にのみ縛られる、いわゆる私的自治の原則に基づいて、ひたすら自己利益を求めることが認められる活動領域の二つの世界を持って日々の生活を送っているといえます。とはいえ、誰からも干渉されないさまざまな自由権（自治自律権）が社会から与えられる見返りとして、社会人は、最低限、公共の利益（公益）を犯さないことを約束し、諸々の義務（社会的責任）を負わなければいけません。社会人に対する法律や規則の中で謳われている種々の義務や権利はこうした社会的契約の内容を示しているとみなすことができます。社会人にとって、私的自治が認められるのはあくまでもこうした社会的契約の枠内でのことなのです。

通常、私たちは社会的な権利を享受することによって得られるプラスの満足（利益）の方が、その対価として負わされる社会に対する数々の義務を履行することによって負担するマイナスの満足（コスト）よりも大きいと思えるうちは、その所属する社会のメンバーであることに満足し、社会人であり続けていたいと思うものです。しかしながら、社会人はしばしば私欲（自己の権利の獲得）と公共性（義務の履行）の板ばさみに悩み、いわゆる利益相反の状況に苦しむことがあります。

このとき社会人が利己心に駆られて公共の義務をないがしろにしてしまうようであれば、所属する社会がその社会人にさまざまな権利を与える意味は失われます。そこで、社会的契約は破棄され、社会人は私的自治権等を召し上げられ、追加的義務としてさまざまな制裁が課され、ときには身体的な拘束を受けることになります。

## (2)　社会的ステータスの抑止効果

日本では、多くの社会人にとって、企業などの私的組織内のポストは自己の生活を支える基盤であると同時に、そのまま社会的なステータスにもなっています。社会人の中でも、とりわけ社会的ステータスのある人たちには各種の特権が付与され、その見返りとして平均的な社会人には許されることであっても、ステータスのある人たちには認められないという重い負担も課されます。ステータスのある人は、概して社会の「顔（看板）」として相応しい主要な立場の構成員であるので、平均的な社会人には容認されることであっても、エリートには許容されないという意味を込めた厳しい制約が多々賦課されるのです。例えば、社会的ステータスの中には、利己心に基づいて私利を目指す行為がある程度制限されるという抑止力もビルトインされています。

前述したように、自分の満足を高めるために行動したいという利己心と、公共の利益を重んじなければならないという義務は社会人が活動する二つの生活領域を形成しています。そして、私的な領域において許される人間の利己心は、確かに私たちの活力を高めるための大きな原動力となりますが、ステータスのある人は内心において私利私欲と公益との間でジレンマに陥る傾向が社会人一般に比べて著しいのです。

それどころか、ステータスのある人は利己心を優先させたと疑られることをあらかじめ回避しなかったというだけでも、その社会的規範（倫理）から逸脱しているとみなされ、自らの社会的評価を失い、誰からも尊敬、敬愛されなくなってしまう危険に常にさらされているのです。つまり、未だ、誰にも実害を加えず、あるいは実損を与えない段階でも、そしてまた具体的な公益を侵していない場合でも、公共性に対する気配りがないときには、その地位を直ちに失い、場合によっては耐え難い屈辱を受けなければならないのです。その意味で、社会的ステータスは危うく、不安定な地位である反面、そのことがエリートや権力者に対する倫理的に強力な抑止力となっているわけです。

さまざまな社会的責任を果たさずに、自からの地位に基づいて利己心を満足させるような身勝手な振る舞いを、社会的ステータスは厳しく否定します。ステータスを利用して自己利益を享受するようなことがあれば、そもそも、社会の一員としての「社会に対する責任」という義務の不履行となることは当然ですが、それに加えて社会的ステータスに固有の社会的規範（倫理）に悖《もと》ることになります。最近よく耳にする「李下に冠を正さず」という戒めは、利己心を抑えきれずに公共心を忘れてしまうことのないように、特に社会的ステータスのあるエリートに対して強く警鐘を鳴らす予防措置（safeguard）と解することができるのではないでしょうか。

## (3)　社会の目と意地っ張り

ところで、私たちの行動の一つひとつを社会の目が監視していると思うときがあります。この場合の社会の目とはどういう目なのでしょうか。

かつて、私は古典落語をテレビで観賞したことがあります。その時の落語家の名前は覚えていませんが、そばの食べ方について「そば通」を自負する江戸っ子の興味を惹く噺《はなし》でした。その江戸っ子は「そばというものは汁をたっぷりつけて食《く》うのは野暮と言うものだ」と粋がります。その言葉に自ら縛られて、人前でそばを食べるときは汁にそばをつけるか、つけないかぐらいにして、いきおいよく一気に口に入れるのです。それを見た人は「さすがにそば通だ、粋な食べ方をするもんだ」と感心します。そうした眼差しを感じながら、ますますその「そば通」は悦に入るという筋書きでした。

ところが、この「そば通」、心を開いた人に、「死ぬまでに、一度でいいから、たっぷりと汁に浸して、そばを食いてえ」と胸中を吐露するのです。

この話が何という演目の古典落語であったのかも記憶していませんが、江戸っ子の気質を言い当てている話であることは間違いないと思いました。短気だったり、やせ我慢を張ったり、意気がるところがおもしろい。そして何かにつけて粋をかざして野暮を嫌う人柄も妙に憎めないのです。

社会的ステータスにはこうした江戸っ子の気質と共通するところが多々見られるのではないでしょうか。「人の目」や「社会の目」が両者に共通して影響を与え、社会的な制約となっています。ただ、江戸っ子に投げかけられている眼差しが、「粋」を期待していたのに対して、ステータスのある人に注がれる視線は「品格」や「礼儀」を求めるものである点が異なるだけです。

もっとも江戸っ子にとっても、ステータスのある人にとっても「人の目」や「社会の目」は結局、自分で、外から自分を見つめている目（自意識）と「然り」なのです。ステータスのある人も「死ぬまでに一度でいいから、自分を見ている自分の目からも解放され（肩の力を抜いて）、ありのままの自分をさらけ出したい」と思うところがあれば、とかく彼が、鼻にかけてしまいがちなエリート意識というものは、江戸っ子が得意がる「粋」と似ている憎めない自意識のように私には思えてしまってしかたがないのです。

# V

# ルールについて

## ——禁じ手と命じ手——

# 自然法則と社会規範

## (1)「規則」の二つの意味

一九六〇年代に一世を風靡《ふうび》したアメリカン・ポップス（オールディーズ）の一つに、“Too Many Rules”（邦題は『大人になりたい』）という歌がありました。コニー・フランシス（Connie Francis）がハイティーンの気持ちを唄ったものです。家族が年頃の娘を気遣って、「門限は何時」だの、「何時には寝なければいけない」だの、「ボーイフレンドとの電話は控えろ」だのと、うるさく干渉するものだから、「規則づくめはたくさん。“Too many ruels！ too many rules！”」と不服を繰り返し、最後に「規則が多すぎて恋人を失うことがないようにと星に祈るの」と少女が自分の心境を訴える歌です。個人が国から干渉され、行動が束縛されることを好まない、自由の国アメリカならではの一曲だったと最近になって思い返すのです。この曲はアメリカではあまり売れなかったらしいのですが、日本では、伊東ゆかりが日本語でカバーしてヒットしました。

「規則」といえば、私たちは二つの種類をまず見分けなければなりません。一つは、例えば自然の中に自生する杉の木が一定のパターンで生えているときに、「規則正しく」並んでいるというときの規則です。視覚による認識だけではなく、聴覚においても自然の中で音を一定の間隔で聞き取る場合には、私たちは「規則正しく」音がなっているといいます。

もう一つは、私たちの毎日の散歩が「規則正しい」習慣といわれるときの規則です。また、作曲された音楽のなかで一定の周期の音の調子を聞き分ける場合にも、「規則正しい」リズムを認識します。

「規則正しく」並んだ杉の木も「規則正しい」習慣も、ともに「規則（rules）」といっていますが、比べてみるとそれぞれの意味が異なることは明らかです。前者は自然界において発見される規則であり、後者は人為的にある目的のために決められた規則です。

コニー・フランシスが"Too many rules !"と唄うときの"rules"は、生活上の習慣などについて言われるときの人為的に決められた「規則」であり、少なくとも自然界に見られる自然発生的な一定のパターンとは異なることは明らかです。

## (2) 自然界における規則

私たちが自然界における規則を発見するときにもさらに二つの方法があるといわれています。一つは因果関係として規則を発見するときであり、他の一つは目的・手段の関係として規則を認識するときです。しばしば用いられるミツバチと受粉の例を使って、両者を比較すると違いがはっきりとします。

「春になる（原因）と光が和らぎ、温度が温かくなる（結果）」。「光が和らぎ、温度が温かくなる（原因）と、花が咲き、香りを放つ（結果）」。「香りを放てば（原因）、ミツバチが寄ってくる（結果）」。「ミツバチが寄ってくれば（原因）、ミツバチの足に花粉がつき、めしべに触れる（結果）」。「めしべに触れれば（原因）、実をつけて、種《たね》を宿す（結果）」。「種を宿せば（原因）子孫を絶やさない（結果）」。

このように、まるで「風が吹けば桶屋が儲かる」という方式で因果関係の連鎖を利用して自然界に起こる現象を認識するとき、「機械論的自然観」といわれています。因果関係の連鎖を歯車の組み合わせに見立てて、あたかも一つの機械であるかのように自然界を眺めているところから、「機械論的自然観」といわれるのだと思います。

このときに認められる一連の因果関係は、私たちが「自然法則」と呼んでいる現象であり、自然界における秩序でもあります。自然法則はあらゆる意志や目的あるいは価値から独立した因果関係（の連鎖）であるため、一定の環境や条件が与えられれば、結果として同じ現象や運動が普遍的に認められます。自然の中で自生する杉の木の一定のパターンは、このような何らかの普遍性を感知したときに認識される規則なのです。

機械論的自然観に対して、目的論的自然観では、目的と手段の連鎖で、自然現象を捉えることになります。「子孫を絶やさないために（目的）、種を宿す（手段）」、「種を宿すために（目的）、花粉をめしべに運ぶ（手段）」、「花粉をめしべに運ぶために（目的）、ミツバチを誘う（手段）」、「ミツバチを誘うために（目的）、植物は綺麗な花を咲かせる（手段）」という具合に考えを巡らせて自然現象をとらえるのは、「目的論的自然観」による説明であるとされています。

ただ、目的論的自然観においても、機械論的自然観と同様、自然（この例では、植物やミツバチなど）そのものには主体的な意志や目的が存在しないことを前提としているので、こうした目的や手段は、自然を創造した主である「神」の意志を想定したものであるか、反対に「自然」を人間になぞらえているようにも見えるところから、擬人法的自然観といってもよさそうな自然法則の説明なのです。

このように、いずれの自然観も自然そのものには主体性を認めていません。そこで認識される自然法則そのものに対して、私たち人間は直接、倫理的（善悪）判断を下すことはできません。

## (3) 技術の発見

ところで、因果関係によって認識した自然現象を、目的・手段の関係に転換して説明し、そのうえで、さらに目的（結果）を得るための手段（原因）を用意するよう工夫を凝らすことを私たちは「知恵を巡らす」ということがあります。これまでと同じ、ミツバチと受粉の例を用いて、このことを見てみると、「子孫を絶やさないようにするためには（必要）、種を宿すとよい（工夫）」、「種を宿すためには（必要）、花粉をめしべに運ぶとよい（工夫）」、「花粉をめしべに運ぶためには（必要）、ミツバチを誘うとよい（工夫）」、「ミツバチを誘うためには（必要）、植物は綺麗な花を咲かせるとよい（工夫）」というように、私たち人間にとっての必要性から工夫される自然法則の利用方法の提唱です。

豊かさを得るため（必要）にはこういう知識を利用（工夫）すればよく、あるいは便利さ（必要）を手に入れるためには既知の自然法則をこのように応用（工夫）すればよいと考えることによって、豊かで便利な物質文明を私たちにもたらすようにしてきた思考です。既知の自然法則を、私たちの生活における豊かさや便利さ、あるいは安心、安全を得るための技術開発ないし知恵に換えるわけです。

私たちは自然科学において発見された真理（自然法則）の実用化を成し遂げる学問（知恵の体系）を応用科学、あるいは「テクノロジー」ときには「実学」といい、その成果を「技術」と呼んで歓び、今日の物質文明を享受してきたように思います。当然のことながら、その反動として観念や概念を操作することによって真理を求めて思惟することを「机上の空論」あるいは「虚学」と呼び、そこで形成された概念をどちらかというと軽んじてきたような気がします。

## (4) 技術の社会的妥当性

それはともかく、ここで強調したいのは機械論的自然観によって発見された因果関係や、目的論的自然観によって認識される目的・手段関係はいうに及ばず、応用科学によって開発された技術でも、せいぜい「～する必要がある」あるいは「～するとよい」というような欲求や目的などへの適合性という意味での有用性は考慮されていますが、「～すべきである」あるいは「してはいけない」というような命令、禁止といった類の倫理的判断は含まれていないということです。別の言い方をすれば、自然界の現象や運動を規定しているのは「力」のみであって、自然界に存在する実体の運動に関する記述の中には命じたり、禁じたりする当為は存在しないということです。命じたり、禁じたりしても自然そのものには主体性がないので、そうした規範に応じてはくれません。機械論的に発見されたり、目的論的に説明されたり、応用科学において工夫される自然法則は、あくまでも因果関係であり、「力」によって説明される運動のパターンだからです。

これに対して、社会的規範と呼ばれる規則は人と人との約束や人と社会との取り決めであり、禁止や命令、あるいは価値判断を含んだ当為です。社会科学は人間を自然界の中で、生物学的に捉えるのではなく、人間を価値判断、とりわけ倫理的判断などを行う主体としてとらえる以上は、さまざまな価値を含んだ社会的規範の追究を避けることができない学問です。

ただし、そうした人間界の中での人間や人間関係を対象にする社会科学には、純粋な自然科学的知識を応用した技術、つまり真理の実用（応用科学）を暴走させないように、その目的や役立の「正しさ」、そしてその目的達成のための手段の「妥当性」を検証し、ときには歯止めを掛けるよう発信することは、技術とのかかわりの一つとして、期待されているはずです。

重ねて言えば、自然法則そのものについて善悪を判断することはできませんが、自然法則の応用によって得られた技術、およびその使途に関する倫理的判断は可能であるばかりでなく、私たちにとっては、むしろ必要なことなのです。原子力兵器の開発、戦争終結のための原爆投下、遺伝子の組み替え、環境破壊を伴う工業化などは、すべて人間による知識の開発ないし応用、およびその具体的な実行行為や工夫です。これらの行為に対して私たち人間の倫理的判断を遠ざけることはできないはずです。よく言われることですが、知識（およびその応用としての技術）を得た人類はその使い方について地球上のすべての実体に対して責任を負わなければならない。あるいは、目的達成のための手段の選択についても、私たちは一定の責任を持たなければならないのです。

……………………………………………

さて、コニー・フランシスの"Too many rules"は、そろそろ大人になって親離れしていく多感な時期に自然法則として芽生える独立心と、家庭という共同体の安寧を願うために遵守しなければならない最低限の規範との間の対立を唄い上げたものであるとみなすことができましょう。成長とともに芽生える独立心（自然法則）は、ときには、家族という小さな社会の中で約束された規範との間に衝突することがあります。

独立心という自然法則それ自体については、誰も倫理的判断は下せませんが、その使い方あるいは実行方法については倫理的判断を下すことは可能です。日常生活において、夜遅くに帰ったり、恋人との電話に長時間を費やしたりというような家族の一員である娘による独立心の具体的行使に対しては、家族という小さな集団の安寧な生活を維持するために（心配を生じさせないよう）歯止めを掛ける必要を感じることはあり得ます。"Too Many Rules"は、こうしたときに、しばしば生起する確執を唄う歌といえなくもないのです。

二人の女の子を育て上げた私たち夫婦にとって、身につまされる思いのする歌だったと今は冷静に振り返ることができます。

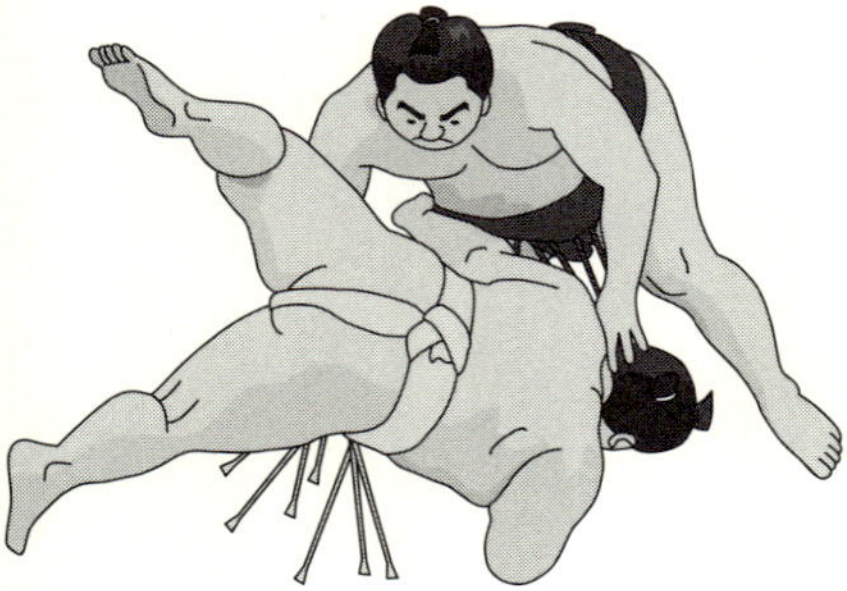

# 「正しさ」の多義性

## (1)「正しさ」の多義性

人はよく「自分の目で見たことだけしか信じられない」あるいは「事実を確かめなければ、本当のことはわからない」といいます。そんなとき、私は「幽霊の正体見たり、枯れ尾花」という川柳が頭に浮かびます。事実というのは目で見ることによって、あるいは実際に経験することによってのみ確かめられるものなのであろうかと、暫し懐疑的になるのです。

私たちの明確かつ一義的な事実認識を妨げるものとして、ゲシュタルト心理学で用いられる「ルビンの杯《さかずき》」のような多義性（二義性）をあげることができます。これは図と地（あるいは陽と陰）とを反転させると二人の向かい合った女性の顔に見えたり、一つの杯に見えたりする有名な絵（図1）です。

同様の絵（図2）は、サムエルソンの『経済学』の中でも用いられています（Paul A.

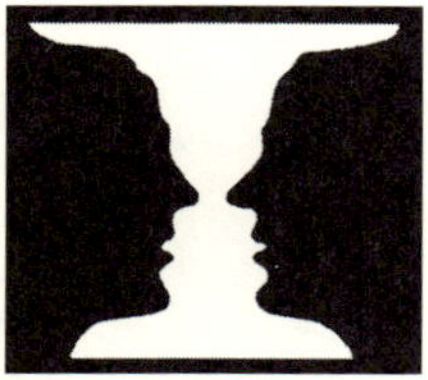

図１

図２

Samuelson, "Economics" $8^{th}$ edition, 1970 (1955), p.10.)。右向きのアンテロープ（またはウサギ）の集団に見えたり、左向きの鳥の集団に見えたりする絵です。かつて経済学の分野では「近代経済学（いわゆる近経）」と「マルクス経済学（いわゆるマル経）」との間で覇権争いの観を呈する時代がありましたが、この絵は見かた次第で同じ絵がまったく異なったものに見えるということを暗示する比喩として用いられています。

これらの事実認識における視覚の多義性に加えて、ことばの解釈をめぐっても二義性や多義性の問題が生じることがあります。そもそも「真理」ということば自体が多義的な意味を持ち、実は、極めてあいまいなことばなのです。

「真理」は「真実」ないし「事実との一致」という意味の他にも、倫理的に「正しい」という意味などを含めて用いられることがあります。さらに、その「正しい」の意味は、①邪な気持ちが無いというようにとらえる場合、②計算は誤っていないととらえる場合、③既存の価値体系と整合しているととらえる場合、④自分の目的や考えに適合しているととらえる場合など、多岐にわたります。

こうした絵やことばの多義性はコンテクスト（文脈）に依存して、その意味を確定するより仕方がないのです。

## (2)「真偽」と「善悪」

もちろん、特定の価値の主観的な主張をもって直ちに「真理」であると決めつけることはできません。特定の価値を主張すること自体は学問ではなく、価値を実現するための実践的行為であるといえなくもないからです。しかしながら、私たちの日常生活においては、真理論的な「正」が倫理論的な「善」に置き替えられて解釈される傾向がみられるため、現実の生活において「正しさ」の意味を問題とするときには、正邪や善悪という次元の倫理的価値を無視するわけにはいかないのです。

事実を知るためだけの思惟が科学であるとする立場からは、目で見て、あるいは触ってみて、その存在を確認することができない「正義」や「善」などといった価値の体系化を試みる、いわゆる規範学は科学とはみなせないとしばしば指摘されます。現に、論理学（二値論理の学問）では真偽の判定ができる言明（statement）だけを特に「命題

（proposition）」と呼び、伝統的に、経験や観察によって、あるいは幾何学の証明のように論理的整合性に基づいて、その「命題」の真偽を一義的に判定してきました。正邪や善悪、あるいは適否などの倫理的価値判断を含む言明は、つい最近の三値論理や多値論理の発達をみるまでは、経験や観察によって真とも偽とも判定できないので、「命題」としては扱われてこなかったのです。

そのため、経済学や政治学など、多くの社会科学においては、本来、私たちの内心にまで立ち入らなければならない「功利」を、目に見える操作概念に置き換えて観察できるようにして、そこでの言明の真偽を実証できるようにする工夫が盛んに行われてきたように思えます。

### (3) 社会的な同意と客観性

とはいえ、私たちの身の回りの現象を見てみると、実証できないことであっても真実とみなすことができる場合が多々あります。みんなが正しいと認めれば、その主張は「社会的な妥当性」があるとされ、客観的な「真実」と見なすことは日常生活ではよくあることです。特定の主張に対して多くの人が共鳴しているかを知ることによって「正しい」と考え、そしてそのことを客観視している場合です。ということは、善悪などの価値判断も、みんなが共鳴すれば、その客観性は認められるということではないでしょうか。

例えば、私たちの実生活において、中古車の下取り価額は一定の評価基準に従って計算された査定金額を示しています。算出された査定額は必ずしも事実（例えば、実際の売買価格や市場価額）と一致しているというわけではありません。それにもかかわらず、客観的な金額として信頼されています。そのわけは、社会的に妥当なルールに従って計算された結果であるとみんなが納得（同意）し、その計算結果を尊重しているからです。他のディーラーの査定においても同じような結果が算出されれば、その査定金額はディーラーの主観を超えて、極めて客観的な真理に近い数値として信頼されうるのです。

この例のように、私たちの考えや行為は社会的同意の得られたルールへの準拠性を確かめることによって、ルール（社会規範）に含まれる「正義」や「善」という倫理的価値への適合性が確認され、その意味で相対的に真実（社会的に妥当）であると判断されます。

社会的要請は倫理的価値の体系そのもの、あるいはその多くを含んだものといえますので、社会的要請に適合する行為は、結局、その時代、その社会において共有されている倫理的価値体系に同調するものとみなしてもよく、社会的妥当性を持つといえるわけです。

さらに、社会的な同意が得られたルールであれば、たとえそのルールの一部に主観に頼らざるを得ない要素が含まれていたとしてもそのルールに従った行為はみんなと共通認識しているということですから検証可能性が高く、客観視できるのです。

かくして、社会的に同意された「規則」に準拠した行為は、第一に社会的妥当性が保証され、第二に、誰が行っても同じ結果をもたらすはずなので、その行為の正しさは（検証可能性という意味での）客観性を内に備えた相対的真実であるとみなされます。つまり、倫理的価値体系に同調する私たちの考えや行為は社会的要請に応えるかぎり、社会的妥当性のあるものとして扱うことができ、その行為の「正しさ」は真理論と同じように、客観視できるということです。

人の目を借りて正しさを判断するとき、私たちは倫理的価値判断も真理論と同じように扱うことができるということです。今日、「唯我独尊」といわれても明日、人々によって、共通認識されるならば、その正しさは必ず保証されるはずです。

（注）このエッセイは「会計における『正しさ』」（『産業経理』二〇一九年、一〇月号）の一部を大幅に加筆・修正したものです。

# 物質文明と精神文化

## (1) 多様な価値基準

私たちは、健康状態を測る一つの目安としてたびたび体重を気にします。しかし、健康状態を知りたいと思うときには、体重という、一つの側面だけを取り上げるのは妥当な方法とはいえません。少なくとも身長との割合に応じて「重すぎる」、「軽すぎる」、あるいは「ちょうどよい」と判断するのが適当といえましょう。

いま、身長一七〇センチメートルで六八キログラムの体重がこれまでの経験等から、私たちにとって最も健康的な体形（外見的な姿ではなく、身長と体重の比率を「体形」と言うことにします。以下同じです。）であるということが知られているとすればそれを健康な人の「理念的体形」（基準値）とすることができます。このとき、一八〇センチメートルの身長で、九〇キログラムの体重の人が太りすぎか、やせすぎか判定するケースを考えてみると、この場合には、実は二つの方法があります。

一つは、人の身長は自由に縮めることも、伸ばすことも、現実にはできないので、思考実験的に、自分の実際の体形（この例では、一八〇センチメートル、九〇キログラム）をそのまま縮小させて「理念的体形」（基準値）の身長一七〇センチメートルにそろえたときの、相似形を描き出し、それと「理念的体形」（基準値）とを比べる方法です。自分の実際の体形をそのまま一七〇センチメートルにそろえたときの縮小体形を計算すると、その体重は八五キログラム（90×170／180）と算出されます。それ（身長一七〇センチメートル、体重八五キログラム）を「現実的体形」とみなして、「理念的体形」（基準値）の体重六八キログラムを比較して、一七キログラム（85－68）の体重オーバーを認識するのです。

この方法では実際の身長を「理念的体形」（基準値）の身長にそろえたときに描かれる「現実的体形」（縮小体形）と「理念的体形」（基準値）との差異を認識するわけですから、両者の体重差をもって、直ちに現状（九〇キログラム）から減らすべき具体的な目標とするわけにはいきません。ただし、最も健康的な人の体形と比べて自分の体形の「ゆがみ（unbalance）」を把握することはできます。

「理念的体形」（基準値）と自分の実際の体形との差異を分析するもう一つの方法は、逆にはじめに用意した「理念的体形」（基準値）を原板として、それを自分の身長の実寸大

（一八〇センチメートル）まで引き伸ばして「標準的体形」とします、その「標準的体形」と実際の体形とを比較します。同じ例を用いて計算してみると、「理念的体形」（基準値）を自分の身長に合わせて、一八〇センチメートルまで引き伸ばしたときに予想される体重は七二キログラム（68×180／170）と算出されます。この七二キログラムと現在の体重九〇キログラムとの比較を通じて、オーバーしている体重一八キログラム（90－72）を認識するのです。

この場合、引き伸ばした体形は正確に言うと、「理念的体形」（基準値）そのものではなく、理想とする姿をそのまま自分の身長まで拡大した「理念的体形」（基準値）の拡大版です。拡大版として計算された体重の数値は身長一八〇センチメートルの健康な人のいわゆる標準的な体重とみなすことができます。この体重の標準値は自分にとっての具体的な目標値として扱うことができる数値です。つまり標準よりは一八キログラム重いと認識して、ダイエットの具体的な目標値（一八キログラムのマイナス）とすることができます。

このように二つの方法により、もしくは二つのうちのいずれかの方法によって、最終的には実際と理想（基準値）と間の乖離を分析することができます。ただ、いずれの方法も体重だけを単一の尺度として、健康状態を測っているのではなく、身長との程よいバランスを基準にして健康状態を測る目安にしていることは、特筆しておかなければなりません。

## (2) 人間行動の尺度

さて、私たちは、真偽、正邪、善悪、美醜、好嫌などさまざまな判断を駆使して日々の社会生活を送っています。それにもかかわらず、これらの判断のうち日常生活において遭遇する種々の自然現象あるいは社会事象の真偽だけに目を向けることが、科学(学問)的であるといわれてきました。しかしながら、日常の営みにおいては、必ずしも「真」が「正」であり、あるいは「正」が「善」であるとはかぎりません。正邪(正義)や善悪(倫理)などの判断もまた、私たちの日頃の生活ないし行動を多面的に理解するに当たっては、決して等閑視できるものではないのです。

確かに、真理の探究こそが科学であり、学問であると限定し、種々の価値体系を除外することは、簡潔(elegant)で的確な、そして理路整然とした論証を可能にするために、学問にとっては必要な「純粋化」のプロセスでありましょう。また、例えば自己利益(功利主義的にいえば「満足」、経済学的にいえば「効用」)の最大化という行動原理をユークリット幾何学における「公理」のように証明のいらない前提とすることによって、人間の純粋な行動態様を論理的に説明することもできるようになりましょう。

一面的な行動原理を持つ人間を想定するということは、単一尺度(例えば、キログラム)によって、単一目的(例えば、ダイエット)を目指した人間行動(例えば、食事制限）を認識することと同じであり、ある意味では、人間本来の姿（人間本性）を自然観の中で理解しようとする立場に通じるものです。しかし、人間本性を考える場合に不可欠な要素である高度の理性、豊富な感性、繊細な感情によって生み出される諸々の価値を無視して真偽という側面だけを取り上げて、人間行動や社会生活を理念化して描き出し、それを拠り所（基準値）にして現実の人間や社会を分析しても、それは、あたかも体重だけをもって健康状態を判断し、減量に努めさせるようなものです。

人間行動は、多くの価値判断に基づく、複雑な運動です。そのため、あたかも自然科学が「力」だけをもって自然界で見られる運動（自然法則）を認識するときのように、真偽という単一の側面だけを採り上げ、それを用いて、人と人との間の約束あるいは人と社会との関係において成立する取りきめ等（社会的契約）を説明しようとしても、そこには無理が生じるのではないでしょうか。あえてそうしても、導き出された結論に説得力を見出すことができず、皮肉なことに、かえって不自然なロボット社会を強調してしまうことになりかねません。せいぜい「人間が機械のように動かないのは理性や感情があるからではないか」と問いをもって問い返すように、いまさらながら人間の複雑さを浮き彫りにするだけに終わってしまうことになるような気がします。

社会科学が、人は「功利」のみを求めて行動するものと仮定して、人間の行動パターンをモデル化し、それを基準にして現実の社会現象あるいは経済状況を分析する学問であれば、人間行動を一つの側面でとらえて、人間関係のすべてを説明しようとする学問と化してしまうのではないでしょうか。しばしば私たちが耳にする「理論と現実は異なる」という批判は、一方で経験主義の立場からの観念論に対する皮肉である反面、人の行動に影響する各種の価値から目をそらす昨今の社会科学に対する観念論の立場からの忌憚のないオウム返しであるととれなくもないのです。日常の人間行動や現実の社会現象を浮き彫りにするためには多面的な性格を持つ人間や多様性社会を前提にしなければならないはずです。

私たちは、しばしば「エコノミック・アニマル」と揶揄されるけれども、高度の理性や豊富な感性や繊細な感情を備えない生物あるいは自然界に存在する物体ではありません。あるいは一面的な原理によって機械論的に行動するような単純な存在でもないのです。

逆に、AIを駆使した、いかなる精巧なロボットであっても所詮《しょせん》、私たちと悲しみを分かちあい、喜びを共にするような間柄にはなり得ません。私たちは情味溢れる人間であり、私たちが日常直面している諸々の人間関係は高度な理性と、豊富な感性と、繊細な感情、ときには鋭敏な感覚をそなえた人と人とが織り成す人情の機微の相互関係あるいは総合的所産なのです。

## (3) 理念的な人間と標準的な人間

そのようなわけで、多面的な人間が形成する多様性社会の中で普遍性を発見することは社会科学の最も重要な課題の一つとなりましょう。繰り返して言えば、私たちが社会科学に求めていることは、機械論的、一面的にある意味で無駄のない人間行動を単一の尺度および単一目的に基づいて、描くことではないはずです。さまざまな理性や感性や感情を組み込んだ人間の総合的な行動を想定して「理念的人間像」の原板（基準）を創り、それを現状に当てはまるほどの実寸大にまで引き伸ばした「標準的人間像」を描き出し、その「標準的人間像」をもって私たちの現実の行動（観察したデータ）との差異を分析するための物差にし、経済的、政治的あるいは社会的な現実問題を明らかにすることです。

あるいはまた、観察したデータを基にして帰納的に抽出した人間像をあらかじめ組み立てておいた「理念的人間像」（基準値）のサイズまで縮小して「現実的人間像」を計算し、それと「理念的人間像」（基準値）とを比較してゆがみを把握することです。これらのいずれの方法による場合であっても、二段構えで分析することになります。

人間像を直感的に組み立てた「理念的人間像」（基準値）から演繹的に推論した「標準的人間像」としてとらえるか、または、実際の人間の観察から帰納的に抽出した「現実的人間像」としてとらえるかの違いによって、実際の人間行動や社会現象を評価するときの比較モデルが異なることになるということに注意しなければなりません。

## (4) 多様化した社会

ところで、仮に、単一尺度および単一目的をもって描くことができるロボットのような人間行動を想定するとき、私たちが気を付けなければいけないことは、それを比較基準にして、実際の人間行動のゆがみ等を観察するうちに陥ってしまう錯覚です。はじめは実際の人間行動を分析するための手がかりとして「理念的人間像」(基準値)を組み立て、それを拡張して「標準的人間像」を計算しようとしていたはずだったのが、いつの間にか、そうした機械論的(ロボットのような)人間像を私たちが目指す理想的な人間像であり、その行動は最善であると信じ込んでしまうことがままあります。

その結果、自己利益、あるいは物質的豊かさや便利さを目指すことを最大善とする価値体系を偏重した文明社会を理想郷(utopia)と考えてしてしまうのです。現に、特定の価値によって組み立てられた単一指向の「理念的人間像」(基準値)あるいは「標準的人間像」(標準値)から逸脱するところがあれば、それが原因で物質的な豊かさ、あるいは便利さが得られなくなってしまい、あるいは物質社会という観点からみて「貧しい」世の中になってしまっているという指摘を潜ませた警鐘ともとれる主張が、たびたび見受けられるのです。

こうした傾向は、比較モデルがもともと「理念的人間像」（基準値）から導かれた「標準的人間像」（「理念的人間像」の拡大版）の場合に、よく見られる現象（錯覚）です。「モデル」と「実際」との比較において差異が認められるとき、その差異を、あたかもダイエットの目標値と同じように捉えてしまい、無理してでも「実際」を「モデル」に近づけようとするあまり、いわば、不健康な食事制限（diet）がなされるというようなことになりかねないのです。

かつて、文化人類学者のレヴィ＝ストロース（Lévi－Strauss）がフィールドワークとしてアマゾンの奥地の原住民を訪ねて、ブラジルに赴いたときの体験を通じて指摘したように、精神的な側面を等閑視し、物質的豊かさ、あるいは便利さという側面のみに目を当てて「文明」と「未開」を区別することは、物質的豊かさを最善とする西洋の目で文明社会と未開社会と分類しているに過ぎないのではないでしょうか。

文化という側面からは、文明社会も未開社会も人間が形成する社会である以上、同じ構造を持っていて、ただ、文化の内容において、科学的な価値（物質）を重視するか、形而上学的な価値（精神）を重視するか、社会の指向性において、それぞれ独自性が見られるだけなのではないでしょうか（これらの点については、レヴィ＝ストロース、川田順造訳

『悲しき熱帯（上）（下）』（中央公論社、一九七七年）を参照されたい）。

自然に囲まれた人情味あふれる田舎暮らしに心の充実感を覚えることも、豊かさと便利さの中での都会生活に物質的充足感が満たされることも、どちらも私たちが求める心の在り方、生き方の原型（prototype）なのです。

（注）このエッセイは「会計における『正しさ』」（『産業経理』二〇一九年、一〇月号）の一部を大幅に加筆・修正したものです。

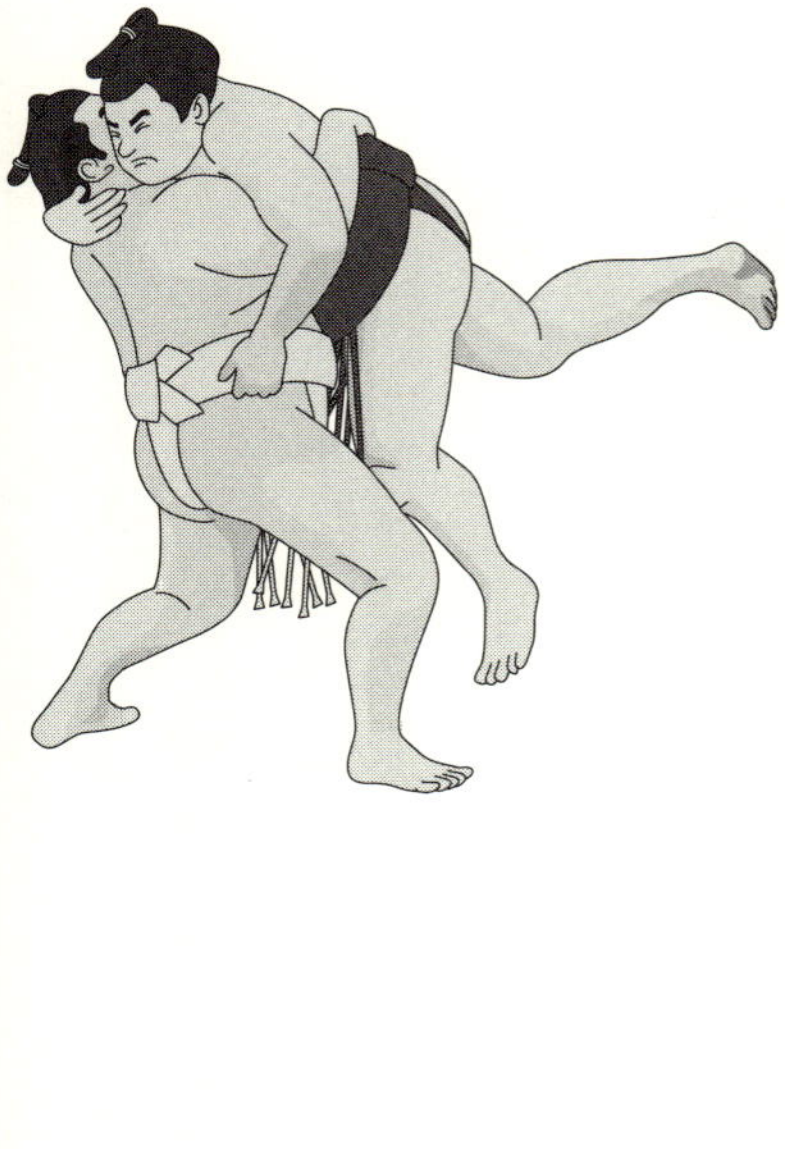

# 優先順位

## (1) タイタニック

私は二〇〇〇年四月から一年間、在外研究でバンクーバーに滞在したことがあります。カナダではすべてケーブルテレビであり、スポーツ、映画、ニュースや天気予報などに、それぞれ特化したチャンネルをいくつかセットにして放送している会社と契約を結ばなければ番組は観られない仕組みになっていました。そんなテレビ放送をめぐる環境の中で、たまたま放映された映画「タイタニック」を観ました。豪華客船タイタニックが氷山に衝突し、沈没するまでの人間模様を助かった乗船客の一人（婦人）が何十年か後に回想するという内容の映画でした。当然のことながら、日本語の字幕はなかったので、英語力に乏しい私には、何処まで筋書を理解できたか、はなはだ心もとないのですが、それでも、座礁したタイタニックから乗船客が脱出するシーンは印象的でした。

沈みつつあるタイタニックから脱出しようとすべての乗船客が必死に救助ボートに乗り

移ろうとしているとき、一等船室の乗船客から乗組員に対して自分達の脱出を優先するようにという要求があった（らしい）。乗組員は一等船室の乗船客を優遇して先に救助ボートに乗せようとする。当然、三等船室の乗船客も助かりたい一心からそこに紛れ込もうとするが、乗組員によって排除される、という場面です。

このときのシーンでは、お金ですべてを購入することができるのだという一等船室の客のいかにも横柄な態度と特権意識が観る人の感情を逆なでするように巧く映し出されていました。私だけではなく、この一コマを観た多くの人は一等船室の乗船客の態度に緊急事態に際して、一等船室と三等船室との差別がまかり通るのかと憤慨し、さらにそれを通り越して情けなさを覚えたに違いありません。一等船室の乗船客の傲慢さに対して嘲笑を買うように映し出した映画監督の手腕は見ごとであったと思います。

一方で、安全も含めて高い乗船券を購入したわけですから救助されるときの順序も一等船室の客が優遇されてしかるべきだとする考えが成り立ち得ましょう。他方、一等船室の客には三等船室の客より先にボートに乗る優先権が与えられるのだろうかという疑問も生じましょう。

本来、船会社と客との間の契約はいわば私的な約束です。このような緊急事態が生じたときには一等船室の客が一番先に救助されるということにあらかじめ同意して、三等船室の客が安い乗船券を購入しているとは考えにくいのです。せいぜい船室の居住性や提供されるサービスの内容についての差別化程度は承諾しているかも知れませんが、命に係わる差別化まで容認して乗船券を購入しているとは思えません。

緊急事態にあって救助ボートにあと一人だけ乗れるというとき、「一〇〇万ドルでその権利を譲ってくれないか」と次の順番の人に持ちかけたらどうでしょうか。あるいは、「このダイヤモンドのネックレスと交換に順番を譲ってくれ」と交渉したらどうなるでしょうか。人の命もお金で買えるということを、人々は認めるのだろうか。「地獄の沙汰も金《かね》次第」ということなのでしょうか。

少なくともこういうときは通常想定されている経済原理が、うまく働くとは思えません。また、そうした経済の原則を前提にしている多くの法律がその効力を発揮しえないことぐらいは、「契約」に関して門外漢である私にも想像できます。

## (2) 石田三成のお白湯

話は変わりますが、関ケ原の合戦で、敗れた西軍の総大将石田三成が捕えられて、鴨川の河川敷で斬首されたという話は有名です。処刑される直前に「何か欲しいものがあるか」と立会人に尋ねられ、お白湯を望んだところ、水が差し出された。そのときに三成は平然とした顔つきで、「生水はおなかを壊すので飲むなと母から戒められているゆえ、飲めない」と断ったのです。水を差し出した処刑人たちは、一瞬言葉を失い、少し間をおいて大笑いをしたという逸話です。この話、私は確かNHKの大河ドラマで見たような気がします。また、それとは別に生水ではなく柿であったという説もあります。いずれにしても、これが史実に基づいた話なのか、後世の作り話なのかは定かではありませんが、たとえ後づけされた尾ひれであったとしても三成の人となりをよく伝えていると思えるエピソードです。

三成のこの逸話も、契約や約束を緊急事態であるにもかかわらず、優先させるべきか、否かという問題を孕んでいる点では「タイタニック」の場面と共通するところがあります。ともに、緊急時に際しても、人と人との間の取り決めを何よりも大切にしなければならないのか、それとも、そういう場合には、生命維持や生物学的な欲求を第一とするのが自然の掟であるのか、何を最も優先させるべきなのかという順位について考えさせられる話です。

### (3) 契約履行の社会的妥当性

かつて、多くの日本人論が示したように（例えば、林周三『経営と文化』（中央公論社、一九八四年）、中根千枝『適応の条件――日本的連続の思考――』（講談社、一九七二年）、米山俊直『日本人の仲間意識』（講談社、一九七六年）など）、日本では、社会との契約は自分と世間あるいは仲間との約束であり、相手との信頼関係を前提にする契《ちぎり》を土台としています。こうした信頼を大事にする仲間意識は、ときには「人の目」という掟に裏返ることになります。

他方、約束を優先させるのは欧米の文化です。人の行動規範の基本になっているのは神との契約があって、自分の主義、理想に従うということは神との約束を果たすという意識のようです。ただし、人と人との間の契約に関しては、不信をベースにしているとのことです。

どちらにしても、契約は人と人との間の約束です。そして、規範は人と社会との間の決まり事です。正確に言うと、「『人と人との契りないし約束』は守らなければならない」とするのは重要な社会的規範（法律、倫理あるいは掟等）の一つです。

さらに、このような「約束を守らなければいけない」という規範に社会的な同意が得られれば、その規範に従うことは妥当性があるものとして扱われます。ただし、私は「契りや約束を守る」という行為そのものの妥当性が認められるためには二つの前提条件が満たされなければならないと思っています。

第一は、約束の内容がその社会の共通の倫理的価値の体系に反しないということです。例えば、「悪事（人を騙すなど）」を約束することは約束の内容が反倫理的であるので、その履行（約束を守ること）の妥当性は認められるはずはありません。反対に、「悪法も法である」という法実証主義の理屈を実践するような、例えば、「善事（親孝行など）を禁じる」あるいは少なくとも「悪事ではない（飲酒など）にも関わらず、それを禁じる」という内容の約束も妥当性を欠くものと思います。

第二に、約束の履行は緊急時を想定外としているということです。私たちの日常生活において、急に高熱が出たりしたら、恐らく約束をキャンセルすることは許されることではないでしょうか。また、日本では突発的に生じた不幸は先約よりも優先されるという社会通念がすでにみられるというのも、そうした事例として挙げられましょう。

たとえ、社会の構成員あるいは仲間が約束を守ることは正しいことであると同意したとしても、この場合の妥当性はあくまでも「約束を守る」という一般的な行為についてであり、人と人との間の約束の内容（契約内容や契りの中身）が反倫理的である場合や想定外の状況が発生したときには、その履行は期待されるべきではないと思うのです。

乗船客と船会社との間で交わしたタイタニックの私的契約のケースでは、一般論として約束の履行それ自体は社会的規範に準拠した行為であるとしても、緊急時にあっても私的な契約の履行を社会的規範は要求しているのかどうかは疑問です。また、三成の逸話では、母との間で交わした決め事を守る行為が社会的規範に従う（契りを守る）ことであったとしても、非常時においても、契りの重視が妥当なものか、どうかということは実は別の問題だと思います。

これら二つの話はいずれも約束（契約、契り）を守らなければいけないという社会的規範が緊急時にも適用されるのかどうかということが問題となる事例ですが、タイタニックの場合には、それに加えて、三等船室の客の生命を見捨ててまでも、自分が助かるという内容の契約が社会的に同意されるかどうかということも合わせて問われることになります。

## (4)　人間の不憫《ふびん》さ

確かに、約束を守るという姿勢や思想は人と人との間に安心できる関係を築くうえで不可欠です。すべての人間は理性を身につけた動物であるとすれば、神との間の契約を基にした約束であれ、母親との契りを根底におく約束であれ、私たちはそれを破ることはよくないとする内容の社会的規範に同意するかもしれません。そうであれば、タイタニックの一等船室の乗船客の権利意識も主張も立派な理屈であり、また、母の訓戒を遵守しようとする三成のお白湯の所望も理性のある人間として律義な孝行といえそうです。それにもかかわらず、私には、人命にかかわるような緊急を要する状況下で社会的契約よりも私的契約あるいは自然の掟よりも個人的な契りを優先させる論拠は見出せないのです。

等しく人間は生命を持った実体であり、すべての人間にとって生命維持こそが何よりも優先されるべき「規範」であると位置づけるときには、タイタニックの一等船室の客が自分たちだけを特別に優遇せよと要求したことは、情けなさを浮き上がらせるほどの傲慢で自己中心的な行為であったと私たちの目には映ります。また、三成の生水の拒否の理由も、滑稽なあまり哀れさの余韻を残すほどのその場に及んで意味のない行為であったように見えます。

とはいえ、緊急時や非常事態の場で、嘲笑を買うような差別化の要求や、その場に及んで失笑を誘うような無意味な所望には、人間の不憫さを感じずにはいられないのはなぜでしょうか。

# 罪と罰のバランス

## (1) 各種のハラスメント罪

最近、「セクハラ罪という罪はない」とある閣僚の重鎮がインタビューに答えて言ったことが物議を醸しました。確かに法律上はわずかに「男女雇用均等法」においてセクハラをはじめ、その他のハラスメントを防止するよう企業の管理者（経営者）は目を光らせなければならないと規定されているだけです。このように、職場でのセクハラ（性的嫌がらせ）は法律（刑法）上の犯罪として直接的には規定されてなく、その多くは自治体による条例（例えば、「迷惑条例」）などによって命じられているだけです。そのため、各種のハラスメントが、逸脱行為となるかどうかは法的な判断ではなく、倫理的な判断に任されると考えられています。

そのようなわけで、国が定めた法律（刑法）上の罪ではありませんので、どういう行為がセクハラに当たるのか、その内容は明確に示されているわけではありません。法がセクハラ行為を具体的には示していないため、必然的に、法律上の罪に該当することを理由にして刑を科すことはできないのです。そのことが理由になってのことだと思われますが、法律上の刑罰が下されない代わりに、極端な場合には、嫌がらせを受けた人の受け止め方次第で刑罰とは別の社会的制裁が加えられるという事例がたびたび見受けられます。

あらゆる種類のハラスメントについていえることですが、訴えられた人の弁明（主観あるいは意図）は、ほとんど聞き入れられません。最近の事例が示しているように、ただ帰結主義（結果主義）に基づいて倫理的な制裁が容赦なく加えられる傾向にあります。犯した逸脱行為に対して人生を棒に振るほどの制裁が加えられるようなケースでは、罪の償いとして、科される罰が重すぎるのではないかと思えるときもあります。

本人は軽口を利いただけのつもりであったとしても、被害者の受け止め方次第では、残りの人生をすべて棒に振る羽目になってしまったという実際の事例もまま見られます。さらに本人（加害者）だけでなく、その家族にもとばっちりともいえる制裁が及ぶことも多く、とりわけ子供たちはこれから先長い人生において、決して消し去ることのできない「恥」という心理的な重荷を背負って生きていかなければならなくなってしまいます。本人だけではなく、一族郎党、すべてに連帯責任を負わせる結果になるわけです。

ハラスメントに対して加えられる心理的制裁が、罪のない家族（特に子供）にまで心に深い傷跡を残すときには、一面では、逸脱行為を抑止するための適正な教育的効果を期待して加えられるはずの制裁が、その域を超えて過重な応報としての側面だけが強調されてしまいます。犯した罪と罰との間のバランスが失われると、見せしめ効果は、私たちを必要以上に萎縮させてしまい、場合によっては、何のかかわりもない善良な市民にまで心理的不快感を与えてしまいかねません。

## (2)　禁止と命令

法も倫理も、ともに私たちの行動を拘束する点で共通し、社会生活を営むにあたって、私たちの逸脱行為に対して制裁を伴う社会的規範であることに変わりはありません。両者に違いがあるとすれば、概して法は「～してはいけない」という禁止を内容とする規範であるのに対し、倫理は「～しなさい」という、価値を含んだ命令を謳った規範であるとみなすことができる点でしょう。

法律に反する行為には被害者がこうむった「痛み」の度合い、あるいは社会に与える影響の大きさなどを勘案して相応に制裁が加えられます。そのため、成文法の国では、制裁の対象となる行為を限定し（罪刑法定主義）、さらに、その限定された違法行為の内容（構成要件）を明確に示しています。そして少しでも要件を満たさない（該当しない）ところがあれば、罪とは断定しません。すべての要件に当てはまる場合に限って違法行為であると認定することになります。そうすることによって冤罪を防止するわけです。

もし、違法行為がどういう行為であるか明確に規定されていないと、例えば、権力を背景にして、政治的目的で犯罪者をでっち上げ、粛清することさえ可能にしてしまいます。そうした恣意性を排除するためにも、違法行為を限定し、かつその内容が明確に規定されるのだと思います。

これに対して、倫理のような命令を内容とする社会的規範の場合、禁止のときとは逆に、命令に応じなければ、すべて逸脱行為となってしまいます。示された行為を実行しなければ、すべて命令違反ですから、罰を受ける対象となる可能性があります。

私たちが小学生のころには、「道徳」の時間に「親孝行をすることは善いことだ」と教えられました。いま振り返ると、こうした教えによって、結局「親孝行をしなさい」と命じられていたわけです。ところが、「親孝行」の内容を明示しなければ、匙《さじ》加減一つで、求める行為を厳格に規定し、その結果、罰することができる逸脱の範囲を拡大させることができ、違反者を恣意的に生みだすことが可能になります。実際、親の権力は絶対であり、ことの善悪あるいは当否の如何に関わらず、また事情はどうあれ、親の言うことに従わなければ、直ちに「親不孝」であるとの烙印が押され、なじられた時代もあったように思います。

この「親孝行」の説諭が私たちを従わせる規範としてのはたらきを持つためには、少なくとも、「親孝行」という行為がどういうものであるかを明らかにして示す必要がありましょう。「親孝行」の内容を各人の恣意的な解釈に任せるというようであれば、倫理規範としての実効性を発揮できないのですから、今日の感覚ではその要求は単なるスローガンないしモットーにすぎないと聞き流されてしまいそうです、

このように規範が禁止を内容としているか、それとも命令を内容としているかという違いによって、要件に当てはまれば違反と見なされるのか、あるいは要件に当てはまらなければ違反と見なされるのかという違いを生じさせ、その違いによって違反者の範囲は広まったり、狭まったりすることになるわけです。とりわけ、命令違反の場合には、概して逸脱の範囲が広く、それだけに濡れ衣を着せられる可能性が高くなります。その結果、私たちの日常生活を必要以上に委縮させてしまう危険性も大きいのです。

もともと倫理は、この「親孝行」の例を見るまでもなく、「公正」、「善良」、「正しい」、「誠実」など、抽象的な表現を用いてあいまいな行為を一般論的に命ずる内容が多く、そのことが同調と逸脱の境界線を不明瞭にし、「疑わしきは被告人の利益に」という姿勢を一八〇度翻《ひるがえ》らせ、「疑わしきは罰する」という現象を惹き起こしやすくしているといえま

す。加害者であると疑られるだけで、直ちに罰せられるような強権政治や恐怖政治を避けることはもちろん、そのような社会的な風潮も抑制しなければならないということは、民主主義の原点です。特定の権力や意見が制裁を加えることができる対象を恣意的に操作し、意図的に煽ったりできないようにすることは法治国家の根本原則です。

## (3) 罪と罰のバランス

セクハラ罪という法律上の罪は存在しなくても、そうした行為があったと疑われるだけでも、事実上、私たちが最も嫌う心理的制裁が家族に重くのしかかる以上、どういう要件に該当するときにセクハラと認定されるのかということについて、もう少し煮詰めた議論の必要性を私は感じます。各種のハラスメントも含めて倫理意識の欠乏に対して憤り、それを社会から無くしたいと欲する気持ちは誰でもがそれぞれのかたちで持っています。しかし、その気持ちが強すぎるあまり、民主主義あるいは法治国家の根幹に達するまで深くはさみを入れてしまっては、「角を矯《た》めて牛を殺す」といった本末転倒を起こしかねません。

生き生きとした生命力にあふれる樹形を整え、法治国家としての活気ある制度づくりのために私たちに求められることは、徒長枝を誘いだすほどの、きつい剪定ではありません。

あくまでもバランスの美しい樹形を創っていくという基本的構想を見失うことなく、良識ある世論を育てる程度に切り詰める適正な剪定なのです。

昨今、多くの企業等で社内教育の一環として行われている、各種ハラスメントに関する研修会の内容は、受講者を過剰に萎縮させるような内容のものが多いと聞いています。今は、少なくとも感情に任せてこの問題に対処することだけは抑え、過度に恐怖心を煽るような議論を避けて、忌憚のない冷静な対応がなされるようになるときを待つ時期なのかも知れません。

# 心理的制裁

## (1) いろいろな種類の制裁

私たちの日常生活におけるこれまでの経験から、逸脱行為に対する制裁（サンクション）として経済的制裁、身分的制裁（物理的制裁）、心理的制裁の三つを識別することができます。これら三つの制裁を企業人に当てはめてみますと、かねてより指摘されてきた、終身雇用、年功序列、企業別労働組合という日本企業の三つの特徴と深く関係しているように思えるのです。

## (2) 経済的制裁

企業人（組織人）が他者に損害を与えてしまった場合に命じられる民事上の損害賠償責任は経済的制裁の代表例です。そのほかにも、企業人にとっては就業規則に基づく減俸や懲戒退職（解雇）の場合の退職金の減額あるいは非支給のケースも経済的制裁に当たります。

ところで、日本人の金銭に対する感覚は独特であると指摘されてきました。私たちは概して同じ会社の中で同僚との間に生ずる給与等の格差については極めて敏感ですが、他の会社の同格のポジションと比べて自分の給料が低い場合であっても不思議とそのことには寛容だというのです。確かにそのことはいい得ているような気がします。

例えば、日本人は、経営者といえども社内での従業員と比べて突出して多額の報酬を受けることには躊躇するものです。ところが、外の組織の同じポストあるいは同じ年齢の人と比べた場合の報酬や給料の多寡は、私たちの気持ちにそれほど大きな影響を与えません。こうした感覚は、おそらく企業別労働組合の名残であると思われます。

### (3)　身分的制裁

日本において企業人の価値判断は企業という特定の社会の文化や人間関係に負うところが大きいと思います。しかも、ほぼ共通してみられることは給料ばかりではなく、ポストについても「同僚との並列」をもって不平不満の基準にしている点です。そのため、企業人にとって「左遷」や「更迭」、あるいは担当換えや配属換え、そしてまた職位の降格は身分にかかわる制裁としての大きな効果を発揮します。このことは年功序列という慣習の名残であるといえるのではないでしょうか。

さらに、ポストのような身分的な満足は、経済的な報酬よりも、むしろ私たちの所属企業との間に一体感を培うものです。この種の一体感は終身雇用という慣習が存在したころからの感覚なのです。この感覚を源泉にして同僚との間の比較を重視するようになり、必然的にポストを争う競争（rat race）を日本企業の特徴にしているようにも思えます。

その結果、米国では年俸等の稼得額が社会的なステータスの目安になるといわれているのに対して、日本社会では、企業内のポストがほぼそのまま社会的ステータスを意味するようになっていると思えるのです。逆に言えば、身分的制裁は経済的制裁よりも、強く企業人の日常生活および社会生活にまで及ぶインセンティブあるいは抑止力となっているように見えます。

## (4) 心理的制裁

ところで、降格や更迭などの身分的制裁は、心理的制裁を必ず伴うものです。実はその心理的制裁こそが私たち日本人の行動に実質的な影響を与える最も重要な役割を果たしているのではないでしょうか。

心理的制裁は外的側面と内的側面とに細分できます。このうちの外的側面の代表的な例は、法的な逸脱行為に対しては外から投げかけられる批判や責任追及であり、倫理的な逸脱行為に対しては外から浴びせかけられる侮辱や他人から注がれる軽蔑の眼差しです。

他方、心理的制裁の内的側面に目を向けると、まず法的な逸脱行為に対して投げかけられる外的制裁への反作用として内心に生じる「罪の意識」をあげることができます。もっとも、私たち日本人には、宗教上の理由からだと思われますが、「神」との約束違反として生ずる「罪の意識」は生じにくいといわれてきました。

ただし、「罪の意識」が生じにくい理由は、それだけではなさそうです。日本の企業において実際に生じた経営者ないし従業員による不祥事を振り返ってみると、その多くは、組織内における高いポストについている人ほど、主観的には「会社のため」という大義名分を立てたものが多かったと思います。そのような会社との一体感も、逸脱者の内心において罪悪感を生じにくくしている一因であると私には思えるのです。

また、会社との一体感あるいは愛社精神の裏返しとして、必然的に私腹を肥やすことへの罪悪感が日本企業の文化の底流には潜んでいます。このときの意識は、抜け駆けしたときに覚える、裏切という日本人に独特の「罪の意識」の具体的な顕れであるような気がします。

こうしてみると、私たちは「神」の目よりも「人」の目を強く気にしており、逸脱行為に対しては、仲間から注がれる眼差しに敏感に反応して「罪の意識」を生じさせるのではないでしょうか。企業内では、同僚や上司に対する「罪の意識」、延いては会社に対して申し訳ないという気持ちが内心に重くのしかかってくるというわけです。

仲間に対して生ずるこの種の「罪の意識」は認められるものの、おおむね、私たち日本人に対しては「罪の意識」に訴えて悪事を思いとどまらせることは困難だといえます。それに代わって、私たちは逸脱行為に対して投げかけられる軽蔑のまなざしには敏感に反応して抑止力としての「恥の意識」を発生させるといわれています。また、そうした緊張感を嫌って、あらかじめ恥をかきそうな行動を慎み、恥の発生を回避するともいわれています。確かに、心理的制裁のうち、特に内心に訴える「恥の意識」は恥をかきそうな行為をあらかじめ自重させる社会的規範として私たちの行動に強力に作用しているといえます。

日本人にとっては、「恥の意識」がこのようなかたちで自律作用として強く働くことは、以前から多くの日本人論において指摘されてきたところです。日本的企業の三つの特徴としてかねてよりいわれてきた終身雇用、年功序列、企業別労働組合の名残は経済的、身分的、心理的という三つの制裁の中に潜伏して、企業文化の中に独特の金銭感覚やポスト争いというかたちで未だに根強く引き継がれているように思えます。とりわけ心理的制裁は日本企業に独自の制裁として強力な影響力を持ち続けているのではないでしょうか。

## (5) モラル・ハラスメントと「いじめ」

ところで、最近、社会問題になっている職場でのいわゆるモラル・ハラスメントは、暴力的（物理的）な行為というよりも、その大半は、みんなで目配せして仲間はずれにしたり、申し合わせて無視したりする、陰湿な心理的攻撃が多いと思います。また、学校での「いじめ」ではSNSを利用したことばによる暴力も見られます。

仲間外れという外観から、職場におけるモラル・ハラスメントや学校での「いじめ」は日本において古くから行われてきた「村八分」と通じるものがあるように見えますが、「村八分」との間には根本的な違いがあります。「村八分」は掟破り（逸脱者）に対して加えられるお仕置という応報的制裁としての性格が色濃く、主に経済的および心理的制裁を伴う仲間外れであるのに対し、モラル・ハラスメントや「いじめ」は、単なる意地悪です。「罪の意識」や「恥の意識」という内的側面での反作用を呼び起こす訴えではなく、心理的な嫌がらせを目的とした集団的無視など、外的な側面から一方的な心理的ダメージを与える攻撃です。このように両者の間にはその動機、目的および手法において明らかに異なる点が見られます。

モラル・ハラスメントは、主に、一部のインフォーマルなグループが中心になって、ターゲットとなる特定の個人に対して精神的なダメージを与えるところから出発するのが通常のパターンだと思います。はじめは「無視」という不作為による外的攻撃ですが、後に、暴言を浴びせるなど、ことばによる作為的な攻撃に変わっていくこともあります。ときには、被害者がその過激さに耐えきれなくなって、不幸な行動をとらざるを得なくなるまで追い詰めてしまうようなケースもあります。つまり、内的側面で「恥の意識」も「罪の意識」も呼び起こす余地のない一方的に外的側面からダメージを与える心理的攻撃ですので、攻撃を受けた側は全くの被害者となるわけです。

職場においてモラル・ハラスメントが頻繁に起こり、学校における「いじめ」が社会問題化しているということは、いかに日本では心理的制裁や心理的嫌がらせが、身近な生活の中で、蔓延しているかを示す証拠であると私には思えます。心理的嫌がらせも「いじめ」も外から加える攻撃であるとはいえ、心を傷つけるものであるため、はじめのうちは表面に現れにくいのですが、時間の経過とともに水面下で加えられていた陰湿な攻撃による被害者のダメージが表面化し、結果的には節度を越した惨《むご》い仕打ちであったことに気づかされるのです。

職場や学校におけるモラル・ハラスメントや「いじめ」の問題は私たち日本人に大きな影響を与える仲間意識を逆手にとった、最も耐え難い心理的な仕打ちです。モラル・ハラスメントや「いじめ」に対しては、この問題が社会的に深刻であればあるほど、私たち一人ひとりが、ことの重大さを認識することが対策の第一歩であることはいうまでもありません。そのうえで、どこで、どのように予防措置を講ずるのがよいのか思索をめぐらさなければならない問題です。職場においてなのか、学校においてなのか、それとも家庭においてなのか、そしてまた、研修によってなのか、教育によってなのか、あるいはしつけによってなのか、対策を早急に講じなければならないと思います。合わせて、仲間意識を重要な行動規範とする私たち日本人にとって最も敏感な人間関係における心理的確執は厄介な倫理的問題を含んだ社会現象ですので、解決のための根治療法もまた時間をかけて熟考しなければならない問題でもあります。

(注)　このエッセイは、多くの「日本人論」を参考にしています。とりわけ次の文献に負うところが大きい。ここに示した出版年は私が直接参照した、版、刷の出版年です。

中根千枝『適応の条件――日本的連続の思考――』講談社、一九七二年
イザヤ・ベンダサン『日本人とユダヤ人』山本書店、一九七〇年
増原良彦『タテマエとホンネ』講談社、一九八四年
林　周二『経営と文化』中央公論社、一九八四年
井上忠司『「世間体」の構造――社会心理史への試み――』日本放送出版協会、一九八五年
R．ベネディクト『菊と刀――日本文化の型――』長谷川松治訳、社会思想社、一九八六年
米山俊直『日本人の仲間意識』講談社、一九七六年

中根千枝『タテ社会と人間関係』講談社、一九六七年
土居健郎『「甘え」の構造』弘文堂、一九七一年
山田雄一『稟議と根回し』講談社、一九八五年

# 人道上の判断

## (1) 善の体系　——自然法——

私たちが「人道上の判断」を語るときは、どのような判断をイメージしているのでしょうか。おそらく、そもそも人間とは何かという考え、つまり人間本性と結びつけた善悪判断を思い浮かべているものと思われます。「人間というのは本来こうであるはず」という人間本来の姿を思い描き、それぞれの人間観に基づいて「善い」か、「悪い」かを考えているのではないでしょうか。そして、そのときに相互に矛盾なく「善」とされることを総称して、少し難しい言葉ですが「自然法」と呼び、その「自然法」をもって私たちは「人道上の判断」としてイメージしているような気がします。

ただし、「善」は、もともと物理的にその存在を確かめることができるというたぐいのものではなく、「正義」などと同様、あくまでも、人間界において判断される観念上の事柄です。そのため、人間が判断する「善」のかたまり（体系）である自然法は自然界で発

**人間本性の階層**

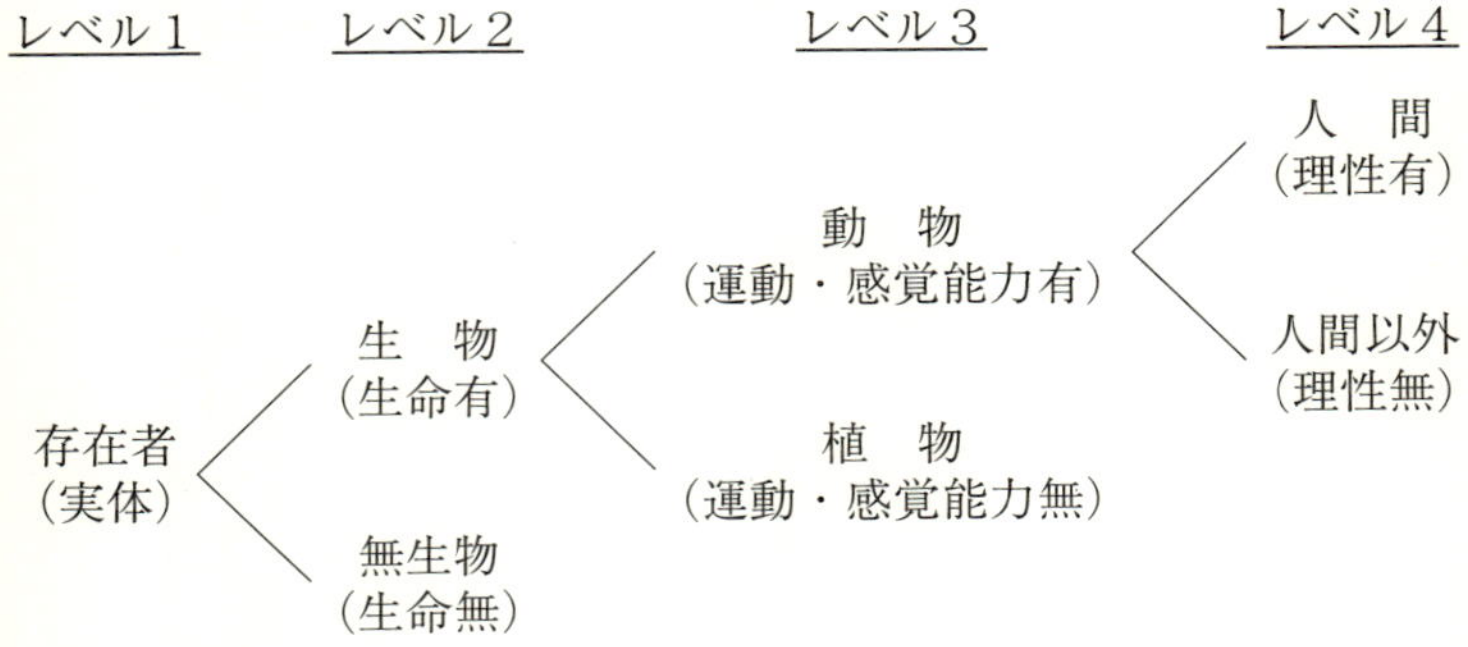


見される自然法則とは区別されます。

いま、自然法を知る手掛かりとして、広く知られているトマス・アクイナス（Thomas Aquinas）の人間本性の階層を図示すると上の図のようになりましょう[1]。

あらためて言うまでもないことですが、この図は人類の進化の過程を示しているものではありません。人間本性を小集団に分類していくときの分類基準を階層化してクラスター（cluster）樹形にして示したものです。そうすることによって人間とそれ以外の実体とをクラス（class）分けしていくプロセスを、人間界と自然界とを振り分ける（clustering）ときの階層というかたちで明確に示すことができるように思われます。

まず、各レベルにおいて、上段にあるクラスが人間界を示すもので、下段にあるクラスは自然界に分類されることになります。このことは逆説的に言えば、例えば、レベル２では生命がなければ人間ではなく、自然のクラスに分類される実体ということになります。同様に、レベル３では運動・感覚能力がなければ人間ではなく、自然界に含まれる生命体であると分類されることになり、レベル４では、理性がなければ人間でないので自然界に含まれる動物ということになります。

なお、この樹形図から、レベルが高くなるほど（図の右に進むほど）、人間本性は精緻化され、小集団化されていき、反対にレベルが低いほど（図の左に遡るほど）人間本性は一般化され、大きな集団になる傾向（外延内包反比例の法則）[2]を理解することができます。同時に、この図は、それぞれのレベルでの人間本性を認識するときの分類基準を示すことによって人間界においてのみ重要となる「善」の体系の階層化を明らかにしています。ちなみにトマス・アクイナスが示す人間本性の各レベルに応じた「自然法」（善の体系）は以下のとおりであるとされています[3]。

レベル１：人間は実体である以上、「善」はなすべきであり、「悪」は避けるべきであるというのが自然法の第一規程である。

レベル２：人間は生物である故に、すべての生物がそうであるように生命の維持が自然法によって「善」とされる。

レベル3：人間は動物である故に、他の動物がそうであるように生殖や子育てが自然法によって支持される。

レベル4：人間は理性的である故に、無知の克服や社会の一員として他人と親しく交わることなどが自然法によって命じられる。

## (2) 自然法としての「人道上の判断」

トマス・アクイナスが提示した人間本性の階層に基づいて、「人道上の判断」を考えてみると次のようになるのではないかと思います。

レベル1は、私たちがしばしば「宇宙観」と呼んでいる観念によって自然界と人間界とを分離させる以前の段階です。このレベルで人間本性をとらえると、おそらく地球上のすべての実体の中の一つとして人間を考えることになりましょう。そして、「善」はなすことであり、逆説的にいうと、なすことは「善」であります。代表的な例としては、「神」が天地を創造したのですから、地球上のすべての存在そのものが「善」であるという考えです。つまりすべて地球上の実体についてその存在を肯定すべきであり、否定してはいけないとする規定が自然法になりうると考えられるのです。一般的にいえば、神が創造したすべての実体についてその存在を是認することが原初的な「善」として識別することになるということだと思います。

レベル2に人間を位置づけると、そこで認識される自然界の規則（自然法則）は、経験上確かめられる因果関係です。このレベルでは物理学や化学と同様に、人間も生物学（自然科学）的にとらえられます。そうした人間本性に基づいて人間の行動や人間関係の中に見られる行動パターンがいわば自然科学的に認識されるのです。このレベルでは、生物全体に備わっている（とりわけ動物に顕著な）生得的な反応形式を「本能」と呼び、あたかも自然界において自然法則を発見するとき、「力」が出発点に位置づけられるのと同じように、「本能」を人間界における「善」の体系の出発点として位置づけることになります。そのため、そこでの自然法は、いきおい記述的規則となり、「こうしたい」、「こうしようと思う」というような意志や目的を含んだ規則は含意されていません。言い換えれば、いったん「本能」を出発点にして認識される生物学的因果関係をもって、人間界における因果律としたものがこのレベルで認識される自然法となるのではないでしょうか。

例えば、私たちは生きていくために他の生物の命を奪うことがありますが、その場合であっても、そうすることが自らの生命を維持するという「本能」であると認識されます。このような「本能」を出発点にした、善の判断がこのレベルでの善の体系であるといっているように思えます。

レベル3では、運動能力や感覚能力を備えた生命体として人間を捉えるわけですから、レベル2の因果律を目的論的に読み替えて、何らかの意志を込めた目的・手段の関係によって善悪の判断がなされると考えられます。このレベルにおける人間本性を想定すると、私たちは、他の生物の命を奪うことも、単に自分の生命維持のためばかりではなく、子孫を絶やさないためでもあるという目的をかざしてその行為を正当化し、「善」であるとするわけです。ここでの自然法は、レベル2における本能から「善」の体系を導くときの因果律を目的論的な善悪判断に転換して内心において自分を正当化するものです。その結果、自らを目的に向けて律するという性格を色濃く持つことになりますので、このレベルで認識される自然法は普遍的な道徳法則であり、「道徳律」と呼ぶことが相応しい自律規準であるように思えます。

トマス・アクイナスの示した最も高いレベル4では、人間は理性的動物であると定義されます。人間本性をレベル4に想定し、そのときの自然法をとらえようとすれば、自分たちが安心できる生活を営むことを「善」とすることになるでしょう。私たちはレベル4に身を置いて、不安の無い安寧な生活を送るために、「安心・安全」という自然法に基づいて他の人（たち）と交わすさまざまな必須の約束は、社会の構成員にとっては、「規律」

であると受け止められるものです。構成員として認められるために従わなければならない他律規準です。

## (3)「人道上の判断」と人間本性との関係

さて、このように考えてくると、それぞれのレベルで捉える人間本性に基づいて、そこで想定される「善」の体系を自然法とイメージし、それをもって私たちは「人道上の判断」と言い表しているといえそうです。そうであれば、人間本性の階層を遡《さかのぼ》って、運動能力や感覚能力を持つ生物のカテゴリーに私たち自身を戻し、子孫を絶やさない目的に適えば「善」とするか、さらに遡って、生命体のカテゴリーに私たち自身を戻して、そこでの生命維持の本能とみなされれば「善」とするのか、あるいは、さらに存在そのものが神の創造物である以上、すでに「善」であるとするのか、それぞれのレベルに応じて、「善」の内容が異なり、私たちがイメージする自然法も違ってくるわけです。

通常、私たちは自分自身をレベル4に置いて、その観点から「人道上の判断」をするときには、レベル3における自然法に基づいて理性よりも子孫を残すことを優先させます。あるいは、より広範囲のレベル2における自然法に基づけば、何よりも生命の維持を優先させることを「人道上の判断」と呼んでいるように思われます。

つまり、自分が考える人間像よりも、人間本性をより一般化したレベルにおける（前出の図の左に遡った）自然法を「人道上の判断」としてイメージする結果、「人道上の判断」は自分が直面している現実の規範（他律規準）よりは寛容となる傾向にあります。レベル4よりはレベル3の方が、つまり人間本性をより一般化したレベルで捉える方が、人間をレベル1における「神」が創造した実体に近づけることになるので、存在そのものが「善」であるとする「善」の体系に近くなります。そのため、レベル4における単に人が人を裁く実定法よりは、自ずと人に対して慈しみが深くなることが予想されるわけです。結果として現実の規範より寛容になるものと思われます。このことは概して高度の理性を身につけた人間像よりも平均的な理性を備えた等身大の人間像を描く方が、私たちは、より寛大な気持ちになることを思い浮かべれば納得できるのではないでしょうか。

反対に、私たちは見ず知らずの全くの他人に対してよりも、家族や友人など、顔見知りに対しては人情が沸きやすい、その結果、個別的かつ具体的な人に近づく（前出の図の右に進める）レベルの方が、そうした人情を正当化するように「人道上の判断」を適用しがちになるということもあります。このことは、顔の見える人に対して湧き上がる傾向にある同情心をうまく説明するものです

結局、「人道上の判断」は人間を神の創造物に近づけてとらえるときの慈しみ深い判断

の場合もあり、現実の具体的な人間に近づけてとらえるときの情味の深い判断の場合もあるということです。宗教上の寛容心も人情に基づく同情心も、いずれも、実定法よりは寛大な気持ちになるのです。

（注）

（1）以下の図は、佐伯宣親『近代自然法の研究』（成文堂、一九八八年、四九～五一ページに依拠してトマス・アクイナスの自然法を階層化して示したものです。

（2）分類基準を多く適用するほど、精緻化し、当てはまる実体の数は少なくなり、反対に分類基準が少なければ、当てはまる数は多くなるという法則。

（3）以下のアクイナスに関する記述は、佐伯、前掲書および品川哲彦『倫理学の話』（ナカニシヤ出版、二〇一五年）を参考にさせていただきました。

# 国際化社会と多様性社会

## (1) 国際社会と国際化社会

今日の国際化した社会ならば、なおのこと、それぞれの構成員のもつ価値観は多様であり、その社会に共通の価値体系を簡単に見出すことはできないと思われます。

私たちはたびたび「超法規」に基づいて意思決定をします。こういうときの「超法規的措置」ということばは自国の法を適用しないで、もう一段、基礎的な次元での一般的規範を適用するという意味で用いられることもあります。通常、「超法規」は緊急の場合などに、それぞれの社会に固有の実定法や判例法を超越して適用される根本となる規範をイメージして、「人道上の判断」とほぼ同義に用いられることもあります。しかし、私には、それとは別に社会と社会との間で共通して適用される慣習的規範であるようにも思えるのです。つまり、理性を備えた人間本性のレベルで（そして、そのレベルでのみ）共通認識される規範であると限定される点で「人道上の判断」とは区別されます。

現実には、それぞれの社会で効力を持っている法律が互いに異なっているケースは多々見られます。しかし、詳細に比べてみると、単に具体的な手法や表現方法が異なることはあっても、いずれの社会における法律も構成員が安心して生活できる安全な社会の形成を目指している規範であることに変わりはないと気づくことも多いと思います。そうであれば、「安心、安全」を目指すという社会的規範は、一つの社会と他の社会との間の垣根を超えて適用可能な、いわば間社会的な「統一規範（共通規範）」あるいは「超越規範」と位置づけてもよさそうです。

いくつかの社会において、現行の法律の趣旨に共通するところが見られるケースでは、それらの複数の社会を束ねて、一つの大きな社会を思考実験的に築き上げ、そこで適用される統一規範を観念的に抽出することができましょう。例えば、先ほどの「安心、安全」は、文化や慣習の異なるそれぞれの社会に共通する、そして、それぞれの社会において優先して適用される超越規範となり得ましょう。このような超越規範を私たちは「超法規」と位置づけることができるのではないかと思うのです。

つまり実定法等に優先して適用される「超法規」の内容は、概して普遍的な理性の体系に根差したものであることが多く、おのおのの社会が独自に制定したり、自由に変更したりすることができない、いわば間社会的な規範です。その多くは、それぞれの社会にとっては所与の事実として、受け入れられるべき与件です。そして、ある意味では、社会と社会との間で自然発生的に生じる規則（自生的規則）であるとみなすことができます。こうした自生的規則は自然界において発見される「自然法則」に準ずると考えることもできますが、「超法規」は私たちの行動を禁じたり、命じたりする規範的な内容が込められる点で、「自然法則」とは区別されなければなりません。

このように、すでに、固有の理性的判断基準をもつ国と国との関係において自然に成立する共通規範が「超法規」であるということができるのであれば、一国内での国際化社会（ミニ国際社会）においても、それぞれの自国においてさまざまな判断基準を身につけた人と人との関係を前提にした自生的な統一規範を「超法規」と考えることができるのではないでしょうか。

### (2) 自生的規則

そうであれば、人間が社会を形成するとき自然発生的な「ルール」はどのようにして生まれるものなのでしょうか、このことを考えてみる必要があります。こうした疑問に対してよく例としてあげられるのは、「ケーキを六等分したいと思うとき、最後に残った一切れを切り分ける人の取り分とするというルールを一つだけ定めておけば、切り分ける人は必ず六つを均等に分けることになる」というものです。この考えに従えば、「人間というものは理性を持つ動物である」と考えるかぎり、公平が「善」であるという考えが自然に形成されるはずです。そこで、ケーキを公平に分けたいとみんなが願うときには、「最後の一切れを切り分ける人の取り分とする」というルールもまた自然発生的に生まれるはずです。

実は、この自生的なルールは、切り分ける人が生身の人間であるということ、それも特定の社会の中で生活している人間であることを度外視し、「各人は自己利益の最大化」という単一の行動基準に従って自己の取り分が最大となるように行動するということを暗黙の前提にしています。そのうえで、全員が実際に予想したとおりに行動する（規則違反をする者がいない）ことをあてにしているのです。

しかしながら、人は機械ではなく、感情の起伏もあり、鋭い感覚も持ち合わせている生き物です。そして何よりも、状況に応じて意思決定をしながら日常生活を送っています。私たちは、日頃、種々の判断をしながら生活しているので、いつも自分の利益を最大にするような行動をとるとはかぎりません。

例えば、日本の「思いやり文化」の下では、自己利益の最大化が常に人々の行動基準になっているとはいえません。また、日本では、今回は損しても、近い将来それを補うような利益をもたらしてくれる義理返しの慣わしもあります。さらに、われ先にと大きいものを自分の取り分とすることは、「はしたない」こと、あるいは「慎みがない」ことであると批判されそうな雰囲気も漂っています。そのためだと思われますが、一番大きいものや最後の一つを取りたいと欲しても、他人の目が、抑止力となってそれを許さず、自重せざるを得なくすることもままあります。私たち日本人は「遠慮のかたまり」ということばが生まれるくらい、たびたび自己利益の最大化と正反対の行動をとります。

加えて、このケーキの例のような自生的規則が実効力を持つためには、六人全員に自己利益を最大にする行動を阻止する個別的理由が存在しないと予想しなければなりませんが、六人の中の一人ぐらいは、健康上の理由などから、意に反して最も少ない取り分を選ぶかも知れないのです。実際には、そのような個別事情を抱えている人が、一人はいるという可能性の方が、六人全員がそろって、そのような事情を抱えていないとする確率より、ずっと大きいと予想できます。

こうしてみると、自己利益の最大化は、（少なくとも日本では）私たちの日常生活の実態からかけ離れた人間行動であるため、それを仮定して導き出される結論は現実離れしたものになる可能性が高いといえそうです。そのためこのケーキの分配の例のような機械論的人間を想定して生み出される規則ではなく、それぞれ独自の文化や慣習が存在する個別的かつ具体的な社会において、それぞれの行動基準（他律規準）に従う人間を想定し、そのうえで自然に成立する基本的規範（基礎にある考え方や原理）こそが「超法規」であると考えなければなりません。

### (3) 普通の人

ところで、私たちがしばしば「ソクラテス（知識人）だって人間だ」、あるいは「孔子（道徳家）だって人間だ」、あるいはまた、「レオナルド＝ダ＝ビンチ（芸術家）だって人間だ」というときの「人間」は、おそらく平均的な理性や感性や感覚を身につけた人間をイメージしていると思います。かつて「普通の人（女の子）に戻りたい」といって芸能界を引退したアイドル（たち）がいました。あのとき、アイドル（たち）は「普通の人」としてどういう人間を想定していたのでしょうか。

少なくとも、アイドル（たち）が「野生の人間に戻りたい」といっていたとは思えないので、地球上の他の存在（実体）と区別できるほどの理性や感性や感覚を備えた人間の枠内での人であることだけは確かでありましょう。言い換えると、「普通の人」といえども「生命を維持する」ことだけを「善」とする地球上の存在ではありません。また、「子孫を残す」ことのみを目的として日々生活している生命体でもありません。そして「運動能力や感覚を身に着けた」だけの生物でもありません。そうかといって、「特別な理性をもった動物」でもないのです。

反対に、今日の多様性社会において想定される人間は、それぞれ特別な理性とともに、独自の感性、独特の感覚を身に備えた人々です。私たちが日々接している人間は、卓越した知性をもつ賢人あるいは哲人であったり、さまざまな徳性を身にまとう聖人であったり、あるいは、優れた感性や才能に恵まれた才人であったりします。それぞれが程度の差こそあれ異色の特性をもつ人間なのです。このような人間が形成する社会だから「多様性社会」が話題になるのだと思います。

### (4) 多様性社会（国際化社会）における「超法規」

社会を構成する人間として「平均的な人」を想定するか、特別の理性等を備えた個性豊かな人を措定するかによって、「超」のもつ意味についても、「より一般的」と考えるべきか、あるいは「より個別的」とするべきか、正反対の解釈を可能にします。そして、それぞれの解釈に応じて、「超法規」の内容も全く異なったものになります。私たちは、両者の違いを明確に意識して、「超法規」というものを考えなければ、多様性社会における秩序は、はじめから成り立ちません。

私たちが「普通の人」あるいは「平均的な人」というときに想定している理性は、理想的な人間像ではなく、等身大の人間像において想定される理性であり、さらに多様性社会の中で想定されているそれぞれの人間が備えている異色の理性と比べて、(外延内包反比例の法則に従えば、)より一般的となるはずの理性です。逆に、多様性社会における人間は、個別的に顔の見える具体的な人であり、どちらかというと、「平均的な人」よりは、特別な理性を備え、独自の感性や独特の感覚を持ち合わせた人々として想い描かれていることが多いのです。

このように考えてくると、さまざまな理性や感性を身につけた人たちによって形成される多様性社会において適用される「超法規」は、第一に、さまざまな価値観を持つ人々を想定したときの基本的な規範でなければなりません。しかし、この基本的な規範は、少なくとも「地球上の他の実体と区別できる」程度の理性を備えた等身大の「平均的な人」に命じられる一般的なレベルでの規範(理性的な行動基準)です。一般的なレベルでの理性さえも無視され、あるいは否定されるようであれば、このような社会は、解消されることのない矛盾を抱えたままの混沌とした世の中に立ち返らざるを得なくなります。最低限、地球上に存在するその他の実体と区別されてきた平均的な理性さえも否定してしまうような人間本性を「普通の人」として想定するようであれば、これまで培ってきた人間本性のクラスターを根本から考え直さなければならなくなります。

他方、多様な価値観を備えた人間を一人ひとり個別的に捉えようとすれば、平均的な人間に比べて、人間本性の属性（内包）をさらに増やしつつ、個々に具体的人間像を描き上げていくことになりましょう。そのため、多様性社会における「超法規」は、第二に、受範者（適用対象者）の範囲を狭めた、顔の見える人に対する特別規範にならざるを得ません。

かくして、多様性社会においては、いきなり特異な人間像に対して規定される規範ではなく、最低限、平均的な理性を備えた等身大の人なら守るべき一般的規範が実効力を持つことを大前提とし、その枠内で多様性を認める特別規範が個別的・具体的に「超法規」として発動されるようでなければならないのです。そうでなければ、その社会は統一性をもたない「何でもあり」のいわば無秩序社会（anarchy）となってしまうのではないかと危惧されます。

国際化社会のような、それぞれ独自の価値基準をもつ人によって構成される多様性社会における「超法規」は、煎じ詰めて考えると、さまざまな理性、感性、感覚に対して寛容で理解の深い人情味溢れる、一般的かつ普遍的な価値の体系の中で私たちが認めなければならない特別な個性の尊重を謳った規範でなければならないはずです。

# 著者紹介

**瀧田　輝己**（たきた　てるみ）　1948年東京生まれ。

私立武蔵高等学校卒業，慶應義塾大学商学部卒業，慶應義塾大学大学院商学研究科博士課程修了後，京都産業大学経営学部助教授を経て，同志社大学商学部教授，同大学大学院商学研究科教授，2016年３月に同志社大学定年退職。

この間，税理士試験委員，日本会計研究学会理事，日本監査研究学会理事，日本簿記学会理事，公益社団法人京都犯罪被害者支援センター監事，京都公立大学法人会計監査人選定に係る意見聴取会議委員長など歴任。

著書および翻訳書として，『監査構造論』，『監査機能論』，『財務諸表論（総論）』，『財務諸表論（各論）』（いずれも千倉書房），『簿記学』（同文舘出版），『体系監査論』（中央経済社），『財務会計論』（税務経理協会），『会計倫理（翻訳）』（同文舘出版），『会計士の倫理と推論（共訳）』（税務経理協会），『人それぞれ－人間の多面性を理解するためのエッセイ』（泉文堂），その他多数公刊。

1994年に，日本公認会計士協会から第22回学術賞（対象著書『監査機能論』）を受賞，2015年に，日本内部監査協会から青木賞（対象著書『体系監査論』）を受賞。

現在，同志社大学名誉教授・博士（商学）（慶應義塾大学）・公認会計士・税理士。

横綱の品格

－多様性社会を評論風に語るエッセイ集－

2019年12月15日　　初版第１刷発行

著　　者　瀧田　輝己

発 行 者　大坪　克行

発 行 所　株式会社　泉　文　堂

〒161－0033　東京都新宿区下落合１－２－16

電話 03(3951)9610　FAX 03(3951)6830

印 刷 所　有限会社 山吹印刷所

製 本 所　牧製本印刷株式会社





ISBN 978－4－7930－0621－0　C0095